點子出版
IDEA PUBLICATION

ホンコン・お化け

香港鬼怪®

百物語

豚肉窩貼®

⚠ ATTENTION 注意

都市傳說、民間故事或怪談等往往是口耳相傳的故事，通常難以獲得確鑿的證據或可靠的消息來源以證實其真實性。這些故事可能含有虛構成分，因此在閱讀時，請自行判斷其可信度。如果您感興趣，可以將其視為娛樂或文化的一部分，並與身邊的朋友或家人分享。

作者

豚肉窩貼®

創作團隊豚肉窩貼是由 Nicky Sun 和 Cathy Lau 組合而成，以傳承香港文化為創作目標。Nicky 主要負責插圖和設計，Cathy 則負責文字和資料蒐集。團隊的企劃主要以食玩貼紙為媒介，將香港文化記錄在俗稱餅貼的貼紙上。餅貼由 1980 年代開始風靡香港、日本，雖然熱潮在千禧年代稍為減退，現在重新流行，成為多代港人的童年回憶。因此，豚肉窩貼選擇以此媒介創作，希望引起大家對本地文化和童年回憶的共鳴，令這些貼紙能成為「窩」心的「貼」紙。

WATPLIMITED

ホンコン・お化け
香港鬼怪®
百物語
三

在傳聞盛行的 80、90 年代，歌手張國榮唱了一首《由零開始》，開首便是：

「回憶 纏住了心事千遍
由零開始 偷偷想到落淚
由零想起 當天一切樂與怒
總揮不去 仍無悔 只知繼續進取」

這首歌意外地唱出了本書想要表達的思想。

由零開始，到本書收錄的第 100 個傳聞，是你的回憶、我的回憶，交織纏繞已成。這 100 個故事並不能涵蓋香港所有傳聞，相反只是一個小起步。每當我們走進社區，與街坊傾談，從未接觸的傳聞便會出現，有新有舊，甚至發現跨區街坊對該傳聞觀點的改變。最後發現，傳聞本身原來便是社區的歷史、是街坊的思想、是時代的見證，更蘊含了歷史學、人類學、民族學、心理學等等，並不是簡單一句的「太迷信！」所能概括。

鬼怪傳聞故事有感人、有悲傷，但其核心意涵都是當時人的強烈感情。不論是以訛稱鬼怪的出現，阻止他人前往，以免遇到危險的善意，抑或是一個曾經真實發生的悲劇，導致大家對死難者不忘的執念。這些都是歷史帶來的另類小故事，我們不用證明真偽，只需以謙卑的心，像學習歷史一樣，從這些鬼怪傳聞中汲取經驗教訓。

「Will you remember me？」是鬼怪對我們說的話，亦是大眾回憶的吶喊。

豚肉窩貼

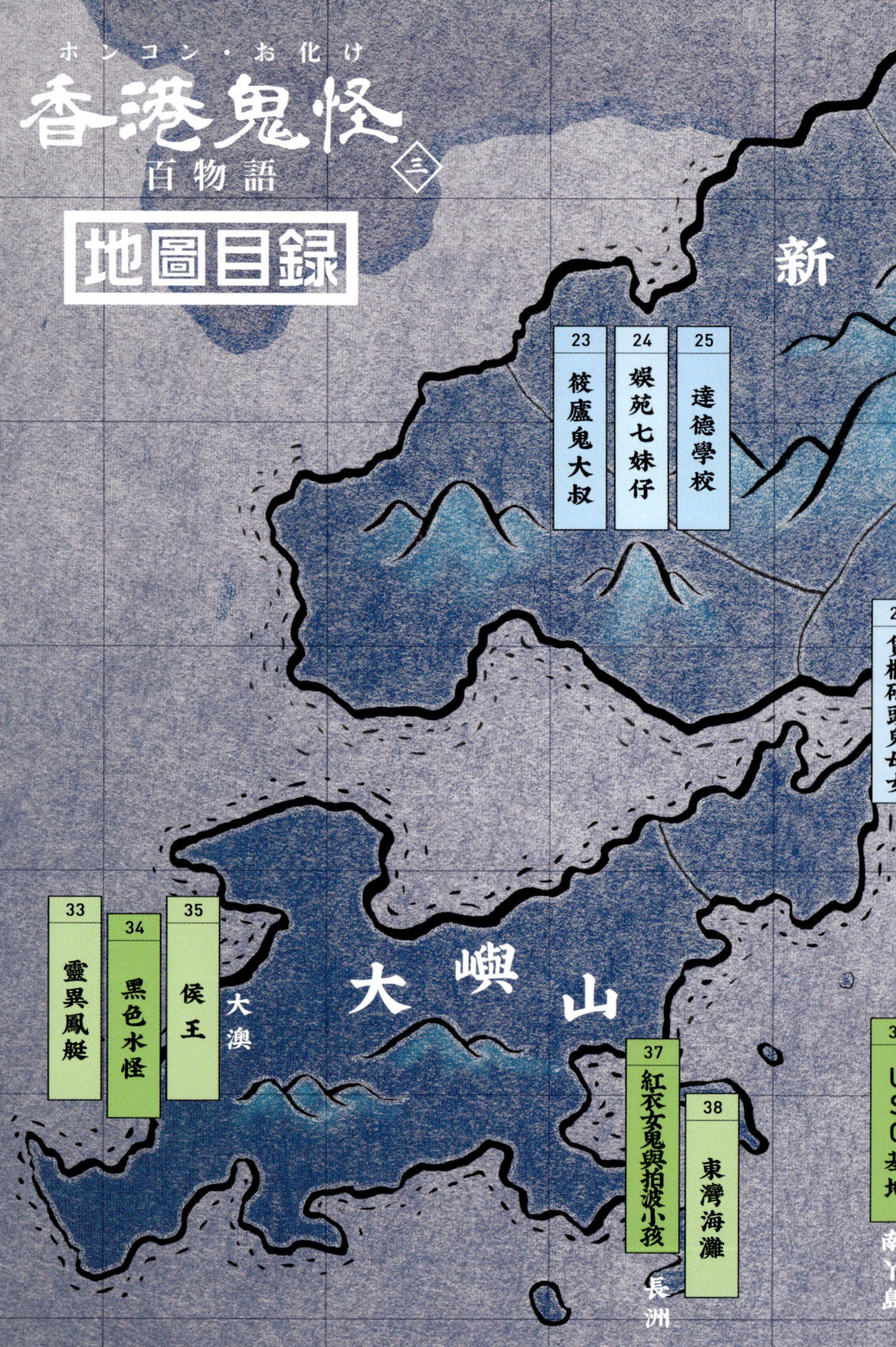
ホンコン・お化け
香港鬼怪
百物語
三
地圖目録
新
23 筱盧鬼大叔
24 娛苑七妹仔
25 達德學校
26 貨櫃碼頭鬼母女
33 靈異鳳艇
34 黑色水怪
35 侯王
大澳
大嶼山
37 紅衣女鬼與拍波小孩
38 東灣海灘
長洲
36 USO基地
南丫島

32 猛鬼村
31 谷埔客家鬼
28 人頭荔枝樹
27 吊頸鬼
界
九
16 又一城戲院鬼
14 打生樁
17 坪石鬼門關
18 跳樓天井
19 二胡伯伯
15 日軍鬼魂
13 嘉利鬼大廈
21 鬼新郎一九七九
22 鬼新娘一九九八
20 綠色鬼魂
03 滙豐銅獅子
龍
亞
02 厭勝棒
01 秘密地道
04 昃臣爵士銅像
利
港
29 古裝街鬼士兵
30 奶茶婆婆
香
06 大體老師
05 大頭怪嬰
08 豬皮鬼
07 鈕魯詩橋
港
10 DUMMY666
09 鬼纜車
12 香港仔人魚
11 香港仔白虎
北

香港島圖鑑

秘密地道

大頭怪嬰

鬼纜車
1977

厭勝棒

大體老師
大體大得

DUMMY666
666

滙豐銅獅子
Stitt

鈕魯詩橋

香港仔白虎

昃臣銅像

豬皮鬼

香港仔人魚

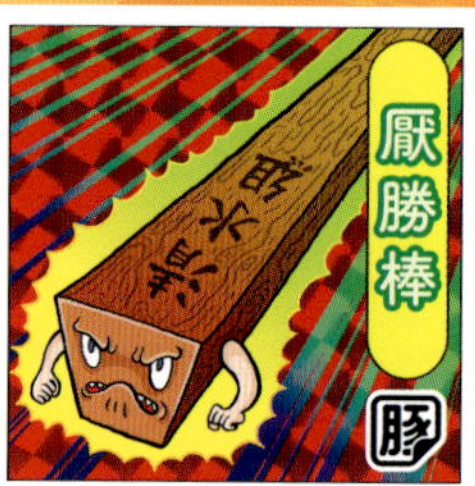

香港島

中西區

隱

秘建地底暗道，直通金庫?!

香港島
HONG KONG ISLAND
No.01

出現地點	出現時間	
香港總督府	40年代	秘密地道

香港總督府

已改名

GOVERNMENT HOUSE

香港禮賓府，前身香港總督府 (Government House)
俗稱港督府，於 1851 年動工，1855 年建成，
位於中環半山上亞厘畢道，
亦即自香港開埠初期英國人劃分的政府山上，
是港英政府時期第 4 任至最後一任總督的官邸，
合共有 25 任總督在內居住。

最初，港督府只有一幢三層高的英國喬治亞時期新古典主義風格大宅，但隨着不同港督的入住，官邸亦因應不同需求而進行加建及修改。由於港督府亦需要接待皇室成員、貴賓、政要等，1890 年港督德輔認為主樓不足以應付，而加建了東翼。

日佔期間，港督楊慕琦被日軍俘虜。隨後，磯谷廉介受日本政府委派，成為香港佔領地總督。雖然他未有正式入住港督府，但港督府仍被用作督憲府，成為他的行政中心使用。當時日本立心發揚「東洋本來的文化」並宣揚「大東亞共榮圈」理念，宣稱要「共同協力，完成大東亞戰爭，一洗香港從前舊態」。日本政府在港推行「一洗舊態」政策，清除殖民地痕跡，街道、大廈被改成日文名字，如彌敦道改稱「香取通」、銅鑼灣改稱「椎名町」等。市內展開多項日式建築工程，包括在寶雲山山頂興建忠靈塔，以及改建港督府為和洋風格等。港督府原以磚塊為主

體，屋頂使用木材，經日本建築商「清水組」改建後，屋頂改成「帝冠樣式」的瓦頂，融合東西方元素。室內加建日式茶屋，全座大宅改成配以日式傢俬和部分鋪設榻榻米。屋外花園改造成日式庭園，並在大宅與東翼間加建一座象徵宣示霸權的日式塔樓。香港復光後，港督楊慕琦返回總督府，除了屋頂及塔樓外，所有日式裝飾均被拆除。

1997 年香港主權移交後，香港總督府名稱不再合適，社會對名字作出多番調整，例如最初稱為「前港督府」，亦曾考慮改作「特首府」、「紫蘆」。最後在 1999 年定名為香港禮賓府，英文沿用 Government House。除了第一任特首董建華外，其他特首亦根據傳統，居住在禮賓府內。

民怨日積月累深
府中長備逃生法

殖民初期，港英政府實施高壓統治，加上語言、文化、法律等不同，華人對港英政府強烈不滿。當時，英國人比華人享有更高社會地位，華人既不能任職高官，亦不能進入部分高檔區域。即使部分有學識的華人成為商人，其市場地位、行政待遇亦不能與英國商人媲美。1860 年由於英國與清朝簽訂《北京條約》，割讓九龍予英國，令廣東一帶華人不滿情緒再度升溫，出現很多反抗和抗議行動。雖然當時港英政府放寬政策，開始接納精英華人，並頒授太平紳士名銜予華人，但華人與英國人的衝突依然存在。1894 年香港鼠疫爆發，香港成為疫埠，港英政府參考英國處理疫症措施，進行強制隔離、消毒和處理屍體等，與華人文化有所衝突，再度引起華人不滿情緒及抵抗。

雖然華人與英國人的衝突，隨着時代發展，而慢慢減少。但由於英國人社會地位比較高，始終令華人感受到歧視，而導致華人與英國人的關係一直繃緊。在 40 年代以前已有傳聞指，英國人害怕華人群起謀反，加上當時經常發生戰亂，所以港督府內秘密興建了一條地底隧道。有說隧道先通往駐港英軍總部的威爾斯親王大廈（即現時的解放軍駐港部隊總部），再去滙豐銀行總行金庫，方便港督在走難時，將所有財富取去，然後通到添馬艦的英軍基地，與其他軍人集合，最後通往皇后碼頭，由軍人保護一同出海，快速撤離香港。

對於隧道的傳聞，曾經有傳媒對特首、高官等作出查詢。前港督彭定康在訪問時表示，從來沒有留意隧道是否真實存在；前特首梁振英在另一個訪問時表示，傳聞「千真萬確」；前政務官季詩傑表示，禮賓府宴會廳附近一條樓梯便是秘密隧道的入口。而坊間傳言，指下亞厘畢道有一道黑色大鐵門，隱藏在山坡下，這道閘門便是秘密隧道的入口，而閘門只能從內裏向外開啟。

香港電台的**《香港檔案 · X》**[1] 曾就此傳聞進行調查，引述香港政府檔案處 1941 年的資料，指出該秘密通道僅從禮賓府通往下亞厘畢道政府總部附近，通道長約 310 米，寬度介乎 1.2 米至 3.4 米，高度約 2 米，並設有照明系統，估計作為戰亂時的防空洞而興建，與傳聞有極大出入。

註

1 多媒體節目《香港檔案 · X》第一集，2009 年首播，導演陳錦榮。

香港島
HONG KONG ISLAND
No. 02

破咒術！

港運大逆轉！

出現地點	出現時間	
香港總督府	40年代	**厭勝棒**

都市傳聞

埋藏木柱施惡法 為保統治能順利

日本在現代歷史上曾攻略多個鄰近地區，包括台灣、朝鮮、滿州、北平、上海、南京、香港等多個亞洲及太平洋地區的國家和殖民地。雖然日本沒有國教，但大多數人相信神道，認為萬物皆有靈，崇拜自然界的萬物，與自然共生。因此，日本常在佔領地興建神社並舉行神道儀式。根據歷史記載，日本在佔領香港的三年零八個月期間，亦曾興建三所神社，包括位於「大正公園」(亦即香港動植物公園)的「香港神社」、中環某專為港日子女就讀而設的國民學校內神社及金鐘域多利軍營 (Victoria Barracks) 的「南海神社」。「香港神社」供奉被視為日本天王及皇室始祖的天照大神，日本更為此鑄造「御神刀」以獻祭神社；而「南海神社」則供奉為攻打香港而戰死的士兵。雖然歷史上關於這三所神社紀錄不多，但亦可從中窺見當時日本的宗教信仰與精神寄托。

日本崇拜自然萬象，信仰萬物皆有靈，與自然共生，但同時亦相信能透過控制自然力量，能達成對佔領地的掌控。傳聞日本在朝鮮、台灣及香港曾使用「厭勝術」，以借助神秘力量鞏固統治。韓國電影《破墓》[1] 便是以日本在統治朝鮮期間施行了「厭勝術」的傳聞為基礎，伸延開來的故事。韓國民間傳聞稱，日本在當地多個風水龍脈地點打下金屬樁，其地點遍佈韓國各地，數量更多達數百至上千。

這些被稱為厭勝樁的用途是破壞韓國的風水地運，使韓國四分五裂，永遠成為日本的殖民地。韓國首都首爾的宮殿「景福宮」的正門「光化門」在 2006 年進行重建，其間在中央地基發現了一枝鉛樁，這發現引證了日本曾經施行「厭勝術」的傳聞，而多個南韓總統亦命運坎坷，彷彿引證了「厭勝術」的作用。

據聞同樣被施以「厭勝術」的香港，其「厭勝棒」位於港督府內，這個傳聞在 2006 年特首曾蔭權入住禮賓府後被廣泛流傳，指原來在日本人離開後，港督楊慕琦發現港督府出現一支神秘木柱。這支木柱有數米長，只有約 1 尺乘 1 尺大小，柱身刻有「清水組株式會社」、其他日文字和一些橫線，形成符咒一般的圖案。雖然楊慕琦多次命人拆除搬走，但是所有曾經接觸木柱的工人都會發生意外，大家都對木柱有所顧忌，只好放棄移動，直到現在。信奉天主教的曾蔭權早已聽聞木柱，在入住禮賓府後，便立即找來風水師父佈局，把它簪花掛紅，設上神枱，鎮壓木柱。因為他的這個舉動，「厭勝棒」被偷拍，照片在網上火速流傳，使這個傳聞更添真實性。

日本的「厭勝術」在朝鮮與香港的影響截然不同，有風水學家認為，因為港督府曾經多番改建，無意中化解了「厭勝術」原本施行的負面格局，更因禍得福，使香港的風水氣場更為暢順，助香港日後成為亞洲四小龍之一。

註

1 恐怖片《破墓》(Exhuma)，2024 年上映，導演張在現，主演：崔岷植、金高銀、柳海真、李到晛。

從戰火回來，銅獸傳奇!!!

出現地點	出現時間	
滙豐銀行總部	30年代	滙豐銅獅子

滙豐銀行總部

HSBC MAIN BUILDING

滙豐銀行由 Sir Thomas Sutherland(湯馬士·修打蘭爵士) 創辦，他時任黃埔船塢有限公司首任主席，深諳香港及中國沿海地區對銀行信貸的需求，於 1865 年 3 月 3 日在香港成立銀行。銀行以 Hong Kong and Shanghai Banking Company Limited 註冊，中文譯為香港上海滙理銀行。由於當時銀行業常以「滙理」二字為命名慣例，修打蘭爵士為了增強銀行在本地社群的認受性，而特意在中文譯名中加上。滙豐根據香港法例註冊成立後，隨即成為香港發鈔銀行，印刷香港法定貨幣。同年 4 月及 6 月，滙豐分別在上海及倫敦開業。1866 年，改名成 The Hongkong and Shanghai Banking Corporation。1881 年，中文名稱改為「香港上海滙豐銀行」並出現在鈔票上，「滙豐」二字由清朝名外交官曾紀澤題寫，寓意「滙款豐裕」。

1865 年，當滙豐註冊後，便在香港中環獲多利街 (Wardley Street)，即現今銀行街 (Bank Street) 與皇后大道交界設立總部，成為第一代香港滙豐總行大廈。直至 1882 年開始重建，1886 年第二代總行大廈落成。隨着業務發展，1933 年需再次重建並擴大面積。第三代總行大廈於 1935 年落成，並仿照上海總行，在門口放置兩尊銅獅子。日佔期間，大樓曾經被用作政府總部。至 1981 年，第三代總行大廈已不敷應用，需要再次進行重建。1985 年，第四代總行大廈以 10 億美元的造價落成，成為當時全球最昂貴的建築物。

銅獅屹立港多年
歷盡起跌疑成精

隨着第三代滙豐總行大廈落成而出現的兩尊銅獅子，形象分別為被塑造成咆哮吼叫的 Stephen(史提芬) 和合嘴沈思的 Stitt(施迪)，名字取自 20 年代的滙豐香港總經理 Alexander Gordon Stephen 和上海分行總經理 Gordon H Stitt，造型據說是根據他們二人性格所設計。香港這對銅獅是第二代，與 1923 年開始放在上海滙豐銀行大樓的青銅獅子造型相同。日佔期間，它們飽受戰火摧殘，造成身體上多個子彈孔，還因日本缺乏材料製造子彈，導致**獻銅運動**[1] 出現，而被運往日本，幾乎被溶化。幸好戰爭結束，逃過一劫，戰後被運回香港，直至現在依然守衛在滙豐總行大廈下。

據說銅獅的擺放方位，是根據滙豐總行大樓的風水佈局而放。有說香港龍脈由太平山綿延而下，直衝維多利亞港，滙豐總行大樓正位於龍脈入海之處，是最為聚財的地方。銅獅的擺放位置是因應龍脈走向，旨在鎮護財運、抵禦煞氣。亦因如此，傳說每當移動它們，香港便會經歷一次大災難，而歷史上確有湊巧：日佔期間，獅子被偷走，香港經歷了血腥的三年零八個月，大量市民被殺；1983 年，第三代滙豐總行大樓清拆重建，獅子被移至皇后像廣場，香港隨即發生大股災，不少股民損失慘重，香港經濟大受創。而在第四代大樓興建期間，滙豐高層找來堪輿學家商討它們的位置。幾經計算，最後安放於現在的位置。除了位置以外，有說由於坐在龍脈上的 Stitt 面向東方，長年吸收日月精華，早已成精。有關它成精咬人的故事，在二戰前已有出現。在街上尚在使用煤氣街燈的年代，中環曾多次發生猛獸夜間偷襲途人事件，警方大為緊張，加派人手在中環巡邏。一天晚上，有兩名警員聽見有途人發出慘叫聲，便慌忙跑去視察。當他們到達途人所在地，看到一隻猛獸正在襲擊這名途人。情急之下，警員們立即舉槍向猛獸掃射，猛獸逃去。由於天色昏暗，他們只能憑着街上微弱的燈光，勉強才能看到猛獸的黑影輪廓。在猛獸逃去後，他們在中環的街道上不斷尋找猛獸，可惜良久亦沒有發現。最後，他們停在滙豐總行大樓前休息，發現 Stitt 竟然滿嘴鮮血，他們立即明白原來自己追捕的猛獸，便是這隻銅獅。

相似的故事傳聞，還有好幾個版本，這些版本背景都是發生在 60 至 70 年代。某年正值日全蝕，街上市民興致勃勃帶來水盆與墨水，在街上準備迎接觀看日全蝕。一位婆婆帶着自己的孫子，在銅獅子附近準備觀看日全蝕。日全蝕開始時，所有人全神貫注地觀察墨水盆。直到完結，婆婆才施施然抬頭，竟然發現孫子已死去，並且頭顱消失。婆婆大驚痛哭，回頭一看，銅獅滿嘴鮮血，原來銅獅成精，在日全蝕這個陽氣有虧的時刻，出來作惡食人。這個傳聞的另一相似版本故事大致相同，只是主角由婆婆、孫子，變成媽媽與兩位孩子。

據說，Stitt 原本與 Stephen 一樣，是張嘴咆哮的。但由於他成精咬人，滙豐高層只好找法師來處理。法師作法後，要工匠把 Stitt 的嘴巴改成現在這樣，猛獸咬死人事件才終於告一段落。

1 請參考《香港鬼怪百物語㈠》香港動植物公園篇。

對於銅獅的嘴巴，亦有另一個傳聞：戰後，由於銅獅受戰火洗禮，需要復修，可惜銅獅體型龐大，難以運回英國處理，滙豐高層只好找來中國工匠。原來工匠一直不滿英國佔領香港，在復修期間，他偷偷把銅獅面部改成貔貅的形態，希望阻撓英國人的經濟。貔貅雖然是瑞獸，能聚財不散，入而不流，但十分兇猛。他算準英國人並不能控制貔貅，必會被祂所傷。結果，銅獅運回滙豐後，銀行變得難以經營，滙豐高層只好找堪輿學家來處理。這位堪輿學家發現銅獅原來被改，只要把 Stitt 的嘴巴改成合上，便能化解。自此以後，Stitt 便變成合嘴的樣子，滙豐的業務亦節節上升。

自 1972 年起，滙豐銀行開始把 Stitt 的形象印於鈔票上，至 1985 年，滙豐改成把一對銅獅同時印在鈔票上。據說，若某年份的鈔票印有合嘴的 Stitt，該年的經濟便會上升；反之，若印有張嘴的 Stephen，經濟則會下滑。

這對已有差不多百年歷史的銅獅子，陪伴香港經歷風雨。2019 年，銅獅被人噴以紅油及遭火燒，勾起市民對銅獅的種種傳聞的回憶，並擔憂此事會為香港帶來厄運。

香港島
HONG KONG ISLAND
No.04
爵士回魂！
別讓他找到你！
出現地點
皇后像廣場
出現時間
60、70年代
昃臣爵士銅像

都市傳聞

曾經放置銅獅的皇后像廣場 (Statue Square) 位於香港滙豐總行大廈對面，該地段在 1880 年代填海所得，中文原名中央廣場。由於興建廣場費用由滙豐銀行出資，所以滙豐銀行與港英政府簽下了 999 年官地租契，並承諾廣場是永久的戶外公共場地。1896 年，廣場中央樹立了維多利亞女皇 (Queen Victoria) 銅像。1897 年，廣場亦因為銅像的關係，改中文名為皇后像廣場，英文名稱維持 Statue Square 不變。雖然 Queen 是指女皇，亦即女性最高統治者，但當時被誤譯為皇后，變成男性最高統治者的配偶。其後在 1902 年至 1923 年間，廣場先後多安放 8 座銅像，除了昃臣爵士 (Sir Thomas Jackson) 銅像外，其餘 7 座都是英國皇室成員或港督。

昃臣爵士是 1877 年至 1902 年的香港上海滙豐銀行總行司理，他在任內提出多項建議，令滙豐帶來巨大收益。此外，他與清廷關係良好，更借貸予清廷來防範俄羅斯和日本。這個友好關係，某程度促成 1898 年的《展拓香港界址專條》當中的租借新界予英國 99 年。他在 1902 年退休後，滙豐為表彰他的多年貢獻，不僅任命他為倫敦的委員會主席，還在皇后像廣場為他豎立銅像，而廣場旁邊的昃臣道 (Jackson Road) 亦是以他命名。

日佔期間，廣場內 9 座銅像同樣被運往日本。戰後，廣場內只有英皇愛德華七世 (King Edward VII)、愛德華七世妻子雅麗珊皇后 (Queen Alexandra)、昃臣爵士和維多利亞女王銅像能逃過被溶一劫。英皇愛德華七世伉儷銅像最後改運往倫敦，昃臣爵士和維多利亞女王銅像則運回香港。其後，維多利亞女皇銅像在 1957 年被移往剛落成的維多利亞公園內。自此，皇后像廣場只剩昃臣爵士銅像，變成沒有「皇后」的皇后像廣場。

銅像深宵獵途人 發動尖陣意外消

在 60 至 70 年代，傳聞皇后像廣場附近頻繁出現有人神秘失蹤事件，警方起初毫無頭緒，也無法獲回失蹤人士。其間，附近居民多次聲稱看到昃臣爵士銅像由展示台上走下來，四處遊蕩，彷彿在尋找獵物。更有居民指出，每次目擊銅像遊蕩後的翌日，便會傳出有人失蹤的消息，因此街坊相信失蹤案件與昃臣爵士銅像有關。於是，滙豐高層請來術士處理此事，在銅像下放置大量三角尖形物，以阻止銅像再次走動。自從這些三角尖形物出現後，再也沒有街坊看到銅像離開展示台，失蹤案件也隨之消失。事實上，廣場在 1965 年因為滙豐成立 100 週年而進行改建， 1966 年重新開幕，昃臣爵士銅像由面向滙豐大廈，改成側身向滙豐，銅像四周開始佈滿三角尖形物。

竹籮巨頭豬叫怪聲!!!

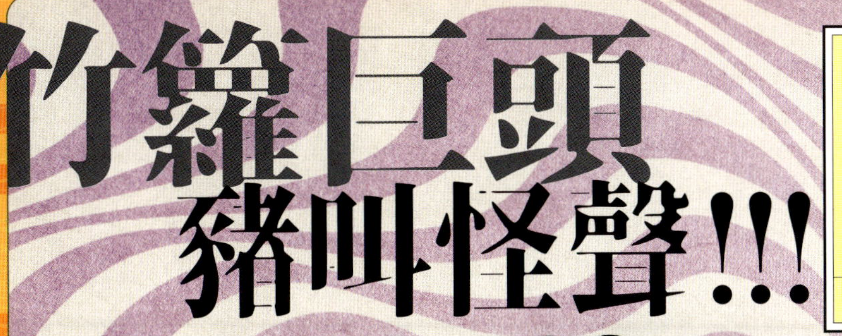

香港島
HONG KONG ISLAND
No.05

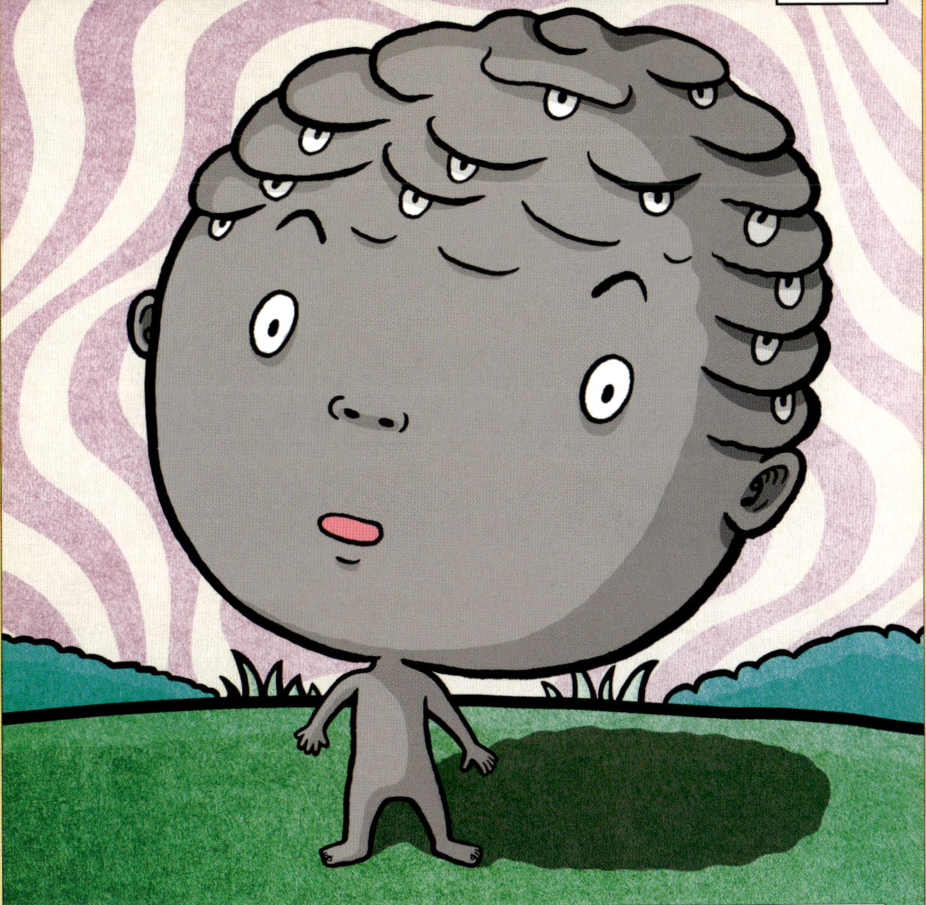

出現地點	出現時間	
西營盤	60年代	**大頭怪嬰**

西營盤

SAI YING PUN

香港開埠初期，洋人主要集中在中環生活。很多離鄉別井，尋找工作機會的華人，便會集中在**西營盤**[1]一帶居住。由於他們大都隻身來到香港打工，心靈沒有依靠，加上當時醫學落後，容易有疾病甚至死亡，形成西營盤出現不少廟宇、義莊、醫院等建築。港英政府有見及此，在1848 年建立了全港首間公立政府醫院「國家醫院」(Government Civil Hospital)。

國家醫院起初建在中環，經歷多次搬遷後，最後因為一場發生在 1878 年的火災，燒毀了當時荷李活道的醫院宿舍，而遷至西營盤醫院道附近營運。1911 年，香港大學落成，初時只有三所學院營運：西醫書院、香港工學院和文學院。西醫書院便以鄰近的國家醫院成為教學醫院。1937 年位於薄扶林的瑪麗醫院投入服務，港英政府為節省開支，國家醫院隨之關閉。原址分階段重建，分別為：1955 年的贊育醫院 (Tsan Yuk Hospital)、1959 年的西營盤賽馬會分科診療所 (Sai Ying Pun Jockey Club Polyclinic) 及 1981 年的菲臘牙科醫院 (The Prince Philip Dental Hospital)。當中，西營盤賽馬會分科診療所原址前身便是國家醫院，因此附近街坊在 60 至 70 年代，依然習慣稱診療所為國家醫院。

註

1 請參考《香港鬼怪百物語㈢》西環篇。

都市傳聞一

摩星嶺囚禁預言怪物 回教校長唸經驅怪嬰

1999 年某夜，一名男子致電新城電台的恐怖直播節目《恐怖熱線》[1]，聲稱自己 9 歲時曾經在西營盤見過大頭怪嬰。由於事件對於當時來說，是一種比較新穎的靈異故事，廣大市民熱烈討論，其後更在 2001 年被改編成電影《恐怖熱線：大頭怪嬰》[2]。電影上映後，再度成為網民熱烈討論的話題，甚至開始搜尋相關傳聞。

據男子所稱，1963 年某下午放學後，9 歲的他與 13 個同學在佐治五世公園旁邊，一個被居民俗稱「石鬼仔球場」的空地上踢波。這塊空地原是港燈電壓站的屋頂，由於該地段是一幅山坡，所以屋頂變成平地，成為孩子的球場。在他們嬉戲期間，他不慎將皮球踢落了山坡下，他連忙飛奔下去，希望把球拾回。這片山坡約有 75 度斜，闊 100 尺，覆蓋着植物與碎石，山坡下是一幅屬於國家醫院範圍的停車

註

1 《恐怖熱線》原先是《深夜直航》的其中一環節，於 1999 年 10 月開始獨立成為電台節目。主持人包括:蔡康年、潘紹聰、路芙、胡凱澄。

2 恐怖電影《恐怖熱線：大頭怪嬰》，2001 年上映，導演鄭保瑞，主演：何超儀、吳鎮宇、李燦森、張佳佳、周麗琪。

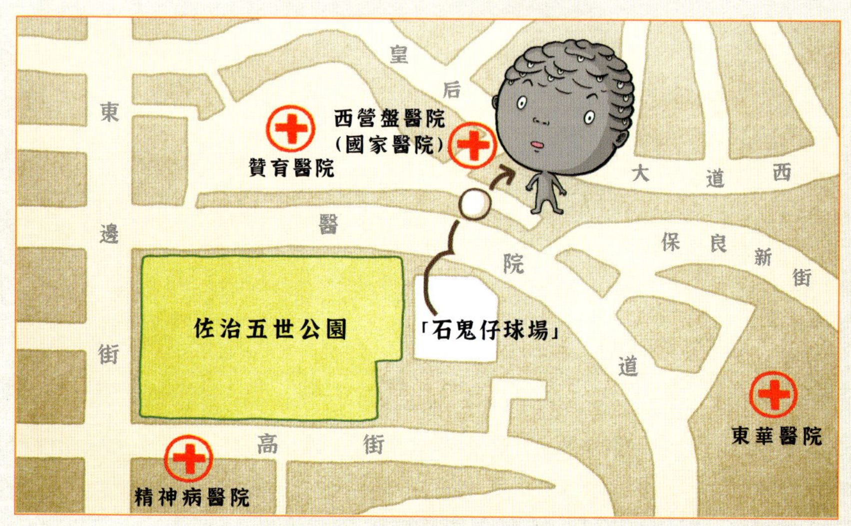

場空地，稍遠一點便是國家醫院的停屍間及大樓。他看到皮球滾進了其中一個類似車房的空間，前面關着一道大閘，皮球與閘的距離並不是太遠，他便伸手入閘中，嘗試把球拿回來。突然，一個黑影伴隨着仿似豬的叫聲衝出。事主嚇得退後，再定睛一看，發現這生物頭部有如竹籮那麼大，上面充滿摺紋和細眼睛，雙眼大如布冧，皮膚呈鉛筆般的銀灰色，身體只有 2、3 歲人類幼兒大，身高大約 1.2 至 1.3 米。由於生物並沒有穿着任何衣服，所以事主可以清楚看見對方並沒有性器官。

由於過度害怕，事主嚇得跌坐在地上，花了好一段時間才有力氣跑走離開。事主回到同學身邊，嚇得魂不附體，只想立即回家。但其他同學由於不明所以，並怪責他沒有把所費不菲的皮球拾回，最後全部人一同再去找球。回到車房前，事主發現球的位置比剛才遠了。同學們找來樹枝，嘗試把球撥出。這時，「大頭怪嬰」再次衝出，嚇壞了所有人。他們慌忙趕回學校，找來了校長。校長到達後，看見這生物亦感到十分害怕，由於他是虔誠的回教徒，於是立即對着「大頭怪嬰」背誦起可蘭經來，而「大頭怪嬰」仿似害怕般，開始退後並持續發出豬叫聲。心驚膽顫但咬牙堅持的校長這時便帶着所有孩子跌跌撞撞地離開，甚至把自己的腰包忘掉了。由於事主有心漏病，醫生曾經表示他活不過 10 歲，但自遇上「大頭怪嬰」後，這個病不但不藥而癒，他更擁有驚人的記憶力，另外 13 位孩子亦同樣突然擁有過人之處，有人甚至有預言能力。

電影上映後，事主的經歷成為熱話，亦有聽眾陸續向節目主持人表示，自己亦曾經遇過「大頭怪嬰」。2001 年事主再次致電節目，更詳細地分享他整個人生因遇見「大頭怪嬰」而改變，包括與「大頭怪嬰」再次相遇，並教導事主一些不屬於地球的知識，及他與狐仙成為伴侶等。他亦指出另外 13 人中，有人遇上意外，與另一人交換了身體，性別從此更改等靈異經歷。由於經歷過於神怪，聽眾偏向認為這些後續故事不可信。雖然大眾不認同這些後續，但卻掀起追尋「大頭怪嬰」傳聞的熱潮。

原來，在 60 年代的在西營盤一帶，已有關於「大頭怪嬰」的傳聞。據說當時有一名孕婦在西區醫院誕下巨頭怪嬰，他的頭顱不但比正常嬰兒大三倍，而且面部長滿皺紋，頭部長滿眼睛。他誕生的時候母親慘叫連連，原來她體內大部分內臟都已經消失得無影無蹤，怪嬰則滿嘴鮮血，口裏正在咀嚼着母親的內臟，及發出怪聲。在場醫護人員都被這個情景嚇得不知所措，只能報警求助。最後，「大頭怪嬰」被港英政府的秘密組織帶走，進行科學研究，有傳他被囚禁在神秘的摩星嶺內，更在摩星嶺作出過預言，提及「冰災、旱災、人災」，翌年中國便發生了這些災難，最後被中國的軍隊帶回內地研究。

這個傳聞還有其他相似版本，稱「大頭怪嬰」出生在瑪麗醫院（亦有說是國家醫院），頭顱比正常嬰兒大三倍，而且長滿皺紋，皺紋下是細小的眼睛。他一出生便力大無窮，更能站立，發出類似豬的叫聲。亦有傳聞指「大頭怪嬰」其實是日軍研究出來的畸形生物，甚至有人認為「大頭怪嬰」是外星生物等，眾說紛紜。

都市傳聞 二

水池刑場斷頭冤屈
屍首浸水頭顱脹大

灣仔亦有一個「大頭怪嬰」的傳聞，據說灣仔舊街市曾是日軍行刑斬首的場所。當時街市內有一個專用於洗菜的水池，日軍利用水池，作為專門斬殺婦女及小孩的行刑地，逼迫受害者面向水池進行處決。當頭顱被斬下後，自然落入水池中，隨着時間推移，頭顱在水中浸泡而脹大。由於亡者冤魂不散，導致舊灣仔警署經常鬧鬼，而這些孩童鬼魂的頭顱亦十分巨大。

怒目警告：別再不敬!!!

出現地點	出現時間	
香港大學	80、90年代	**大體老師**

香港大學

THE UNIVERSITY OF HONG KONG

香港大學是本地歷史最悠久的高等教育學府，

於 1911 年成立，

本部位於中西區薄扶林龍虎山，

在亞洲乃至全球都是頂尖大學之一。

自 1880 年，港督軒尼詩已經提出需要在香港興建一間英式大學，由於當時社會環境並未符合大學需求，提議被擱置。直到 1908 年，港督盧吉再度提議興建英式大學，由於當時清朝已廢除科舉制度，國內讀書人嚮往學習西學，香港社會環境已符合大學需求，提議被社會接納。興建大學造價極高，因此港督盧吉需要呼籲各界工商人資助。1910 年 3 月 6 日，香港大學本部大樓舉行奠基儀式；1911 年 3 月 30 日，香港大學正式成立，大學參考英國 University of Birmingham（伯明罕大學）及 University of Leeds（列斯大學），以訓練應用科學為主，合併了當時的香港西醫書院及香港工學院，並加設文學院，成為一所公立研究型大學。

鬥大膽迎生活動
無知學生獨留解剖室

香港大學醫學院前身是香港西醫書院，這所書院於 1887 年創辦，第一屆只有兩位畢業生，其中一人是孫中山先生。在香港大學大樓建成後，醫學院主要的教學及辦公場地在大樓內進行，而附近的國家醫院則成為它的教學醫院，直到 1937 年才轉為以剛落成的瑪麗醫院為教學醫院。1964 年，醫學院的專屬大樓李樹芬樓落成，所有教學及辦公場地改成在內裏進行，直至 2002 年李樹芬樓因日漸破舊而被拆卸，醫學院改成在新建的醫學院新綜合大樓繼續授課。李樹芬樓原址改建為賽馬會跨學科大樓，供一些與醫學院有合作的港大部門使用。

在新綜合大樓建成以前，歷史悠久的醫學院自 60 年代起一直使用李樹芬樓。到 80、90 年代，李樹芬樓已變得殘色斑駁，飽經歲月滄桑。與此同時，醫學院開始出現種種鬼怪傳聞，並在校園內流傳，解剖室往往成為傳聞的主角。據說，醫學院曾經有名新生，非常自負，誇口說由於父親與哥哥都是醫生，對於屍體、內臟早已見怪不怪，引來其他舊生的厭惡。舊生們覺得他只是裝腔作勢，於是與他打賭，只要他願意獨自留在鎖上的解剖室數小時，醫學院的校花便會願意在迎新開學晚會上，成為他的舞伴。由於解剖室內，有一具**大體老師**[1]，新生雖然害怕，但基於自己的吹噓及希望成為校花的舞伴，他半推半就地答應了賭注。在首半小時，部分較善良的學生擔心新生的情況，便一同前往解剖室門外查探。新生雖然感到害怕，但是為了面子，聽到眾人的腳步聲後，反而作弄這班學生，以強裝自己的膽量。被新生戲弄後，眾學生便怒氣匆匆地離開，決定不再管這名新生。而與新生打賭的數名舊生卻因為玩樂，早把這名新生被關在解剖室的事完全忘記了。

直到第二天清晨，他們才憶起這個打賭。當他們到達解剖室並把外面的門鎖打開後，卻發現新生從內反鎖了大門。他們焦急地拍門，新生沒有回應。他們把耳朵貼在大門上，聽到內裏傳出一把十分沉重的呼吸聲，因而肯定新生尚在。舊生們用盡方法，終於把門打開，映入眼簾的是原本在枱上蓋着白布的女性大體老師，已跌在地上，白布消失，身上插着數把手術刀，雙眼睜大面向大門方向。而新生則安靜的屈縮在角落裏，衣衫襤褸，雙目無神，身上佈滿抓痕與齒印，手上拿着一些肉塊往嘴裏塞。舊生們無不被這情景嚇破膽而尖叫，引來學院的警衛們。警衛們亦被眼前所見震懾，他們強裝鎮定，帶走舊生並報警。醫護人員到場後，把新生送院檢查，由於新生已失去說話能力，沒有人能夠得知內裏曾經發生的事。據醫護人員所講，新生身上的傷，部分並不能獨自造成，例如背部的抓傷及齒印。醫學院學生事後推算，這位女性大體老師是一名孕婦，新生在被關期間，嘗試解剖她，她為了保護小孩，便附身屍體，阻止新生。由於新生經歷這次事件後，精神失常，最後被送往精神病院接受治療，沒有再回醫學院。

註

1 遺體捐贈者，以供學生作解剖教學用途，尊稱作「大體老師」。

這個傳聞其實有很多不同版本，分別在於細節上的不同。例如：把新生關在解剖室，是醫學院的迎新活動，所有新生都必須獨自參加。而新生並沒有吃下屍體，只是把屍體的頭斬了下來，並抱在懷中。還有一個版本更指天花出現一個血掌印，那個高度在沒有工具幫助下，是不可能印上去的。在發生意外後，醫學院下令，禁止再次舉行這類迎新活動。

解剖室除了上述新生傳聞，還有一個相似的故事。據說某年趕功課的季節，有一名勤奮的學生獨自在解剖室處理小組功課。當時已是深夜，他的組員還是沒有出現，他不禁低聲抱怨指眾人沒有責任感，剩下自己獨自對着死人做功課。可能由於他的說話過於不敬，他的身後突然有人叫他的名字，他下意識認為組員終於出現，當他轉身回應時，卻十分驚愕並慘叫出聲。第二天，一班正準備在解剖室上課的師生，打開了解剖室的大門，發現內裏血跡斑斑，解剖桌上躺着一具東歪西到的無頭屍體，染血的解剖刀則在地上，桌上、地下亦有血跡。由於那具屍體穿着衣服，很明顯不是大體老師。解剖室內還有一名學生瑟縮在牆角，他懷中竟然抱着一個人頭。他早已失去理智，口中不斷喃喃自語：「唔好過嚟呀！」其後警方趕到，證實屍體屬於醫學院另一學生，而那名學生因受到嚴重驚嚇，被判在精神病院進行治療。

自 70 年代起，香港大學醫學院開始接受遺體捐贈，積極推廣及教育大眾認識「大體老師」如何跨越生命界限，傳承醫學知識，並將每年 3 月 3 日定為「港大遺體捐贈日」，寓意「三三不盡」，象徵無窮無盡的奉獻精神。90 年代末，台灣亦受到影響，開始以「大體老師」稱呼遺體捐贈者。港大醫學院的靈異傳聞，隨着新綜合大樓的出現，亦慢慢消失。

撈屎橋！傳說！

香港島
HONG KONG ISLAND
No.07

出現地點	出現時間	
香港大學	某年夏天	鈕魯詩橋

考試失意少女死前交易 橙紅橋身掩不住血跡

香港大學鈕魯詩樓 (Knowles Building) 以 1964 年至 1965 年的香港大學校長鈕魯詩 (William Charles Goddard Knowles) 命名，大樓於 1971 年由建築師甘洺 (Eric Cumine) 的事務所設計，1973 年落成，樓高 12 層。由於間格靈活性高，大樓內主體結構簡約集中，使每層空間既闊且大，方便使用者不斷重新規劃空間，不少學系及行政部門曾經進駐，包括規劃、測量、心理、語文、法律學院等。現在是建築系的總部大樓，佔了 7 個樓層。

鈕魯詩樓由於每一層都有獨立間格，佈局差異很大，使人容易迷失方向。大樓的 5 樓與 6 樓之間，有一道俗稱「Knowles 橋」(音：撈屎橋) 的天橋，通往圖書館大樓 (舊翼)。雖然天橋位於 5 樓與 6 樓之間的後樓梯，但由於大樓格局奇特，6 樓後樓梯直接連接課室，如需前往「Knowles 橋」，必先經過課室。設計古怪加上大樓內部很多地方長年不見天日，陰氣容易聚集，因此常有鬧鬼傳言，當中最廣為流傳是「Knowles 橋」的故事。

據說某年夏天，有位女學生因為考試不合格，向教授苦苦哀求，希望能改變成績結果，但教授堅決拒絕。最後，女學生提出以不道德交易來換取較高分數，也有人說是教授主動提出這交易。雖然交易發生了，但分數並沒有更改。女生感到十分絕望，最後由「Knowles 橋」一躍而下輕生。救護人員到場後，在橋下俗稱「Happy Park」的中山廣場找到了女生的身體，卻怎樣也找不到她的頭顱。由於天橋內地面及橋身佈滿血跡，推測女生墜落時，曾經撞到了「Knowles 橋」的窗框，使頭部飛脫而下落不明。部分傳聞只簡單地指橋內窗戶過於狹窄，導致她身首異處。

另有傳聞指女生其實在鈕魯詩樓頂樓跳下去，中途撞到「Knowles 橋」窗戶。當時窗戶有兩種開啟方式：一種是目前常用的從下方往外推，另一種是從上方往外推。女生跳下時，撞上從上方往外推那種窗戶，導致頸部被鋒利的玻璃割斷，造成橋內外都有大量血跡。最後一則傳聞指女生在該橋窗外吊頸自殺，因身體重量過重，導致頭身分離。無論那種說法，傳聞均指清潔工人無法清洗橋身及地面的血跡，最後只好為外牆髹上一格格方形的橙紅色油漆及將地面塗成深紅色以掩蓋血跡。而橋的兩端梯級看似不自然，實際上是用來埋藏大量符咒，以減少陰氣聚集。據傳，晚上經過「Happy Park」，如抬頭望向「Knowles 橋」，或能看見女學生的頭顱懸吊於橋上。

現在，「Knowles 橋」的顏色已由原先的橙紅色與白色，改為綠色與白色。然而，據擁有陰陽眼的人士透露，鈕魯詩樓內靈體依然活躍，甚至經常嘗試尋找生人進行對話。

香港島
HONG KONG ISLAND
No.08

禁忌不可複述，謎之豬皮

出現地點	出現時間	
香港大學	90年代	**豬皮鬼**

深宵解餓四處覓食
學生竟陷怪談輪迴

香港大學擁有 45.2 公頃總面積範圍，本部校園佔地約 14 至 16 公頃，有兩間非住宿舍堂 (non-residential hall)、4 間住宿學院 (residential college) 和 13 間住宿舍堂 (residential hal)。兩間非住宿舍堂沒有住宿床位，主要作聯誼及活動空間。4 間住宿學院由教授管理，不同於一般宿舍，一年級學生不可以申請，申請者成績越好越有優勢。13 間住宿舍堂則是一般宿舍，有男女混合，亦有單純女生宿舍或男生宿舍，分佈在校園及附近不同地點，宿生需要參與舍堂事務來維持住宿資格。

自 90 年代開始，港大宿生間開始傳出「豬皮鬼」的恐怖傳聞。據說這個傳聞極為駭人，許多人聽後嚇得寢食難安。故事發生在一班宿生身上。某夜，他們因為溫習至深夜，而相約到附近的食肆吃宵夜。由於中西區一帶屬於舊區，大學附近食肆大多沒有提供宵夜時段，一家專門賣車仔麵的小店遂成為學生宵夜的熱門地。他們如常抵達後，慣常走向配料區，查看當晚還有哪些配料，發現尚有豬皮。

據說這神秘豬皮鬼故事，一生只能聽一次故事，也只能說一次，違規者豬皮鬼便會來找你。這故事在學生間口耳相傳，帶著校園靈異色彩，更多是禁忌話題和都市傳說。為免引起不必要的恐懼，故事細節部分將不再傳述。

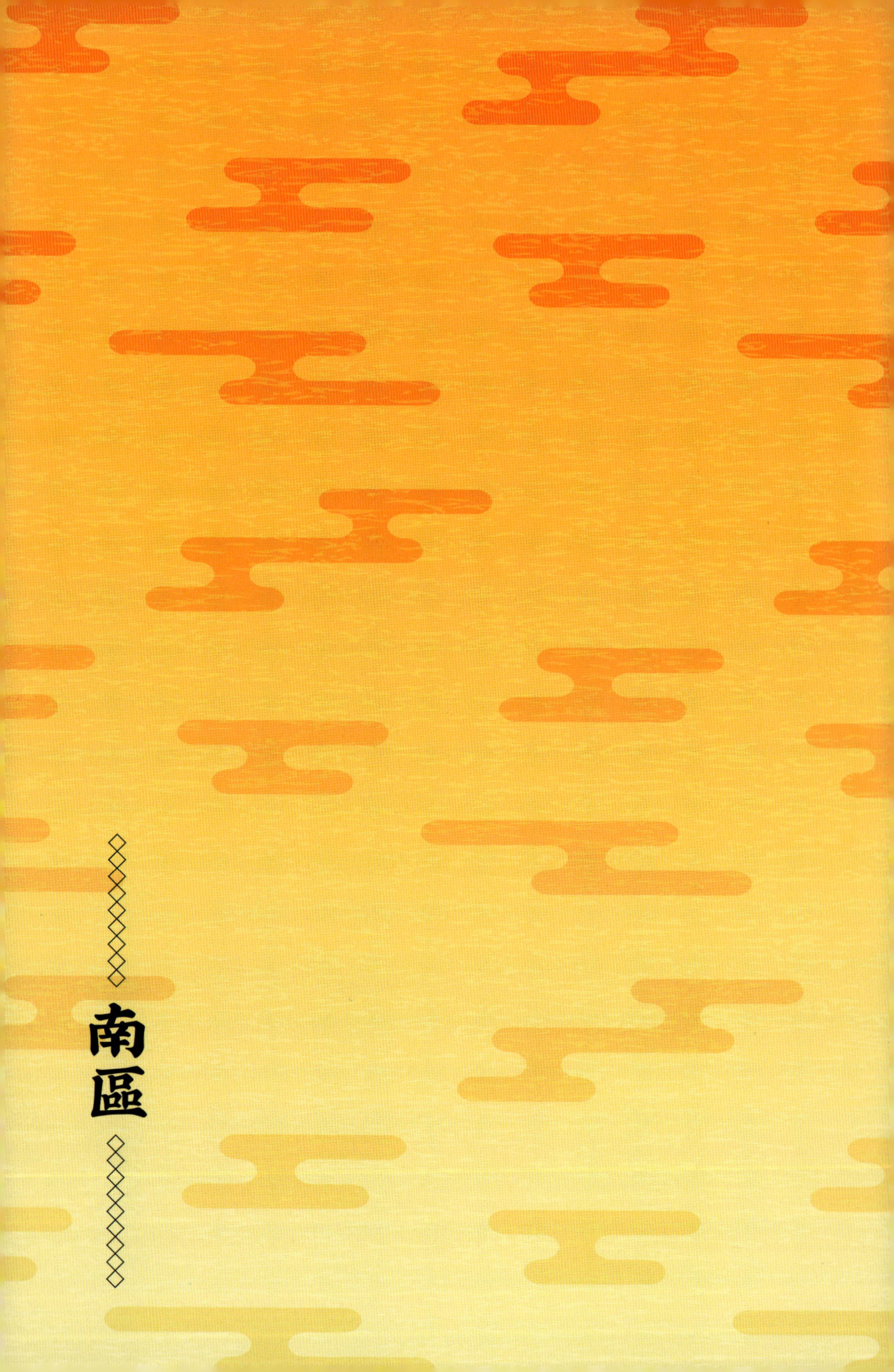
南區

香港島
HONG KONG ISLAND
No.09
1977
海邊纜車
靈異傳說!!!
出現地點
主題公園
出現時間
70、80年代
鬼纜車

主題公園

THEME PARK

一個結合水族館、動物園、機動遊戲和表演的大型主題公園，除了曾獲得全球最佳主題公園的殊榮，更是不少香港人的童年回憶和旅遊熱門地。

主題公園於 1977 年開幕，部分土地前身是 50 年代開始經營的主題公園「巴黎農場」，由富商何鴻燊的五姐夫謝德安所擁有。農場於 1972 年被政府收購及免費撥出土地予興建主題公園，建築費用則由英皇御准香港賽馬會資助，1977 年 1 月 10 日由港督麥理浩主持開幕。

70 年代，公園景點只有 12 個，當中最矚目的有 4 層樓高的螺旋形海洋館、海豚表演，以及連接位於黃竹坑 (山下) 與南朗山頂 (山上) 的纜車系統。全港第一座柏架山吊車 (Mount Parker Cable Car) 早在 1932 年拆卸，因此公園的纜車成為香港相隔 40 多年後的第二條架空索道纜車。當時公園成人票價是 15 元，小童則是 7 元。

1982 至 1984 年，賽馬會再次撥資興建第二期發展工程，主要增建大樹灣範圍及山上機動遊戲。當中包括現在依然為人熟悉的「瘋狂過山車」、「翻天飛鷹」、「滑浪飛船」、「海盜船」等，「瘋狂過山車」更曾是全東南亞最大型的過山車。這些機動遊戲，因為機件過舊，陸續在 2019 年至 2021 年停用及拆卸。

怪風突襲纜車墜落
一家四口全員喪命

公園纜車系統早在 1977 年開幕時已存在，它連接黃竹坑方向的山上及山下兩個園區。全長約 1.5 公里，坐在其中能遠眺深水灣與南朗山的海景，是公園標誌性設施。

據傳在公園開幕初期，亦有說法指是 80 年代初，纜車系統曾發生一宗致命意外。當時山頂出現一陣怪風，將其中一輛纜車吹跌在海邊，車內一家四口當場罹難。據聞事發地點是前往山上園區的首個山谷附近。由於公園當時開幕不久，為免影響遊客的信心及樂園的聲譽，管理層迅速採取行動，立即派遣直升機前往事故地點，以一面超級巨型海馬旗覆蓋車箱殘骸，並對外封鎖消息。同時，公園向死難者家屬支付了 7 位數字的款項作為封口費用。最終，纜車殘骸連同 4 人的遺體掉進海中，從此消失。有傳言稱死者是一對本地夫婦與其兩名年幼子女，亦有指他們 4 人其實是日本人。此外，有指公園在山坡上以植物勾勒出一個巨型海馬圖案，是用來紀念這宗事故。

其實，這個纜車墜落事件只是公園靈異傳聞的開端。多年來，有遊客聲稱在乘坐纜車時，目睹一輛破爛的纜車出現，車箱內有一家四口的鬼魂在向外招手。亦有人指在記憶中，90 年代末前，曾在乘坐纜車

期間，看到破爛的車箱在海邊荒廢，相信是當時墜下的纜車車箱。由於公園內的山徑並沒有開放給公眾，引來公眾的猜測，認為公園封閉山徑是想掩蓋這宗事故。

此外，不少自稱有陰陽眼的前職員指，經常在園區內看到這一家人的鬼魂遊盪，甚至受到他們的幫助。有位前職員曾經在網上靈異節目中分享，某日清晨，自己在園區開放前工作，前往纜車站時，竟然迎面遇到一位 40 至 50 多歲的長髮女士。正當他疑惑為何會有遊客出現時，這位女士已化作輕煙，在他面前消失不見了。事後，他驚慌失措地向同事述說自己經歷，換來的竟是同事冷淡的回應，指這位女士便是傳聞中一家四口死難者的母親，由於她經常出現，不少職員亦曾遇上，大家早已見怪不怪。

除此之外，職員間還流傳另一個與這一家四口有關的傳聞。據說，在面向山下園區「海洋列車」入口處的左手邊有一片草叢，草叢內有一個無名墳墓，附近被職員有意地種植了大量高身灌木，以遮蓋墳墓，這個墳墓是屬於這家人的。有傳在每年農曆 7 月，職員在園區休息後需要四處拜祭，而經理更需進入草叢，拜祭這一家人。

在 2015 年 2 月，有位自稱在 80 年代做補習社的女士致電潘紹聰的網上直播靈異節目《恐怖在線》，指一家四口死難者中的兩名小孩曾是自己的學生。在大約 1985、1986 年間的某日，他們在課堂上興奮的表示假日將會前往該公園。假期完結後，他們再沒有出現，而補習社亦連繫不到這家人。經過一段時間以後，這家人的親戚主動前往補習社，並表示這家人已在公園中遇難身亡，他們亦接受了公園的封口費，不能公開談論及追究這宗意外。

事實上，這宗意外並沒有出現在任何報章。相反，不少報章及公園職員亦曾對此事主動作出澄清。1983 年《華僑日報》以「星洲架空纜車意外帶來恐怖聯想，公園吊車安全，遊客乘搭大可放心」為題，強調傳言全因來自新加坡的事故，公園纜車並未發生意外。2006 年由於「昂坪 360」纜車啟用，2007 年便發生車箱墜地事故，公園鬼纜車傳聞再度成為熱話。當時，公園纜車經理在公園 30 年紀念中表示這意外是誤會一場。在 2017 年，公園 40 週年紀念時，高級纜車監督再度澄清，指 80 年代初該地的確曾出現龍捲風，將當時舊式纜車車頂蓋吹跌落山，但是車箱卻不受影響。而有人見到車頂蓋，便誤以為整個車箱，再以訛傳訛，變成了「纜車墜落意外導致一家四口死亡」。

香港島
HONG KONG ISLAND
No.10
666
火燒不毀的
詭異笑容
出現地點
主題公園
出現時間
2010年代
DUMMY666

園內勢力分兩派
人鬼共存哈囉喂

主題公園自 2001 年開始，每年 10 月都會舉辦萬聖節活動「哈囉喂」，於園內打造多所期間限定開放的鬼屋，並聘請演員在內飾演一眾鬼怪角色。活動期間，公園特別增設夜間入園時段，為遊客營造獨特的恐怖體驗。據聞，這段期間園內都會發生不少靈異事件，引發這些事件的，並不是為人熟悉的「鬼纜車一家四口」，而是一些被鬼屋吸引而來的外來靈體。這些外來靈體與「鬼纜車一家四口」在公園形成兩股勢力，互不干涉。

2017 年，公園「哈囉喂」活動期間，一宗致命意外發生在名為「活埋凶間」的限定鬼屋。該鬼屋設計讓參與者躺在仿真棺材內，並隨着滑梯裝置遊覽鬼屋。由於棺材按實物打造，只能容納一人，因此這間鬼屋是單人探險模式。當時一名 21 歲男遊客偏離預定出口路線，誤入禁止進入的滑梯機件底部，不幸被夾身亡，死因被裁定為意外。據傳，這宗意外與靈體有關。有不少自稱前職員人士透露，曾有員工翻查閉路電視紀錄，發現出口附近先有一縷輕煙出現，然後男事主到達該地點徘徊，一名女士便出現在機件暗道附近，並對他招手，要他往那方向走，最後意外發生。該女子既非職員，亦不像遊客，現場無人真正見過她的身影。據說，最後事件被裁定為「意外」，並非「人為疏忽」或「機件故障」，便是因為大家知曉這是一宗靈異事件，而不能詳細定義。鬼屋內發生靈異事件並被閉路電視錄下，並非單一事件。2018 年，一名遊客投訴在鬼屋被演員抓傷手臂。職員立即致歉，但心感事有蹺蹊，因為員工守則規定演員不能對遊客進行身體接觸，他相信演員均嚴格遵守規定。於是，職員向上級匯報並翻查閉路電視錄像，最後發現竟然有一隻手憑空出現，抓傷了這名遊客，而遊客則誤以為是藏在暗處的演員所為。

除了發生在遊客身上，職員間流傳着職員編號 666 是一個名叫「Dummy 666」的模特兒公仔。大家相信這公仔是被靈體附了身，因為他會自己移動，出現在不同位置，甚至連火燒也不怕。據說，曾經有一名估計是擁有陰陽眼的外國遊客出現，在鬼屋內多個沒有演員的地方失聲尖叫，當他看到「Dummy 666」後，反應尤其激烈。此外，某年活動結束後，眾演員開心合照留念，部分人更與這名員工編號 666 的職員合照。令人毛骨悚然的是，照片中這名原本面無表情的 666 號職員，竟露出詭異的笑容。

除了「Dummy 666」外，據說鬼屋內還住着一家被職員們稱為「哈哈一家人」的鬼。傳聞如果在鬼屋拍照對焦出現問題，很可能是「哈哈一家人」遮擋了鏡頭所致。

獻肉猛虎
祈平安
香港島
HONG KONG ISLAND
No. 11
出現地點
香港仔
出現時間
50年代
白虎

香港仔

ABERDEEN

香港仔 (Aberdeen) 位於香港南區，鄰近華富邨，與鴨脷洲只是一個海灣之隔。這個海灣名為石排灣，原本泛指整個地區，而香港仔的「香港」則指坐落石排灣北邊的香港村。

據傳，石排灣曾是一個轉口港，主要將本地生產的石磚運上廣州。由於石磚在碼頭需要分行排列，等待運上貨船，而被命名為石排灣。而香港村附近因為轉口莞香木，被認為是「香」的「港」口而得名。由於外國人登陸該地[1]時，誤以為香港是泛指全個島嶼，為了分隔，港英政府曾將香港仔改稱 Little Hong Kong[2]，其後為了紀念英國外交大臣鴨巴甸勳爵 (George Hamilton-Gordon, 4th Earl of Aberdeen)，正名為 Aberdeen[3]。

石排灣作為天然港灣，除擔任轉口港角色外，因有鴨脷洲作天然屏障，抵擋風浪侵襲，吸引不少艇戶漁民停泊在港灣內居住，促進了漁業與造船業。1857 年，香港首個大型船塢「夏圍船塢」在香港仔建成。1860 年，夏圍船塢被黃埔船塢收購，改建成香港仔旱塢[4]，是全港四大船塢之一。直至 1960 年代，香港仔迎來造船及修船業、漁業的鼎盛時期，同時經歷了一場改變漁民居住狀況的大火。當時，石排灣沿岸擁有至少 45 間船廠，附近居住人口約 3 萬，9 成以上均是漁民。這些漁民主要

在住家艇或岸邊棚屋居住，高峰期能聚集逾千艘船艇於灣內。1960 年春天，涌尾（亦即現今逸港居一帶）大火，由於該處是住家艇集中地，火勢迅速蔓延，而消防又難以前往撲滅，這促使政府正視岸邊棚屋問題，於 1967 年起進行填海及明渠疏導溪流工程，並將艇戶分批遷往田灣邨和石排灣邨。1986 年，已被劃成香港仔避風塘的港灣再度發生大火，由於大火將並排的船接連燒着，形成火燒連環船的情況，一發不可收拾，火勢更達到四級，焚燒 4 小時後才被救熄，千多人無家可歸而加快艇戶上樓的步伐，甚至促成後期住家艇的消失，改變香港仔的居住生態。當時坊間流傳，為迫使艇戶及棚屋住戶盡快上樓，唯一方法便是失火，範圍越大，成效越快。

註

1 有指英國人於 1841 年登陸，但早在 1810 年，東印度公司繪製的《澳門航道圖》已將「Hong Kong」寫在香港島上。

2 1898 年政府編印地圖。

3 1940 年教科書《香港地理》已出現「Aberdeen」。

4 旱塢，即岸邊以人工建設的船塢，用作修理、建造船舶等。

神威不怒自生威
鎮靈驅煞保平安

自香港開埠，香港仔大街（即現今香港仔舊大街）已成為香港仔區內的最主要街道。1891 年，香港仔警署（即現今蒲窩青少年中心）建於旁邊的小山丘上。興建初期，遭當地漁民強烈反對，認為警署的地理位置破壞了當地風水。指山丘是「虎地」，認為在此建警署猶如「猛虎下山」，會對對岸的鴨脷洲造成不利影響。當時，山丘路口已有少量神壇，顯示該山丘在漁民心中的重要地位。然而，警署最終建成，木已成舟，無法改變。最後，堪輿師建議在鴨脷洲洪聖古廟前豎立兩支繪有龍形圖案的木柱，面向警署，以化解警署的煞氣，才平息當地水上人的不滿。

經歷百多年，現在路口兩旁排列了大大小小的神壇，包括有土地公、北帝、佛祖、觀音、關帝等等。當中，最引人注目莫過於一尊由石頭雕刻而成、造型樸實的白虎神像。白虎在華人文化中，除了是土地公的座騎外，更具有驅邪、守護村落和保護兒童的功能。據說，由於香港仔是水上人聚居地，蜑家文化重男輕女，曾經發生大量將女嬰掉到海中，放棄養育的悲慘情況。放置白虎在該地，是為了鎮壓這些逝去的嬰兒，同時守護在世兒童。此外，這尊白虎面向大海，寓意將身後的煞氣驅散至海中。

由於白虎亦被視為是非口舌之神，更是百獸之首，相傳祂會在驚蟄期間會出來覓食。蟄是指蛇蟲鼠蟻入冬藏於土中，停止進食。驚蟄是指春雷喚醒冬眠於土中的蛇蟲鼠蟻，氣溫回暖，萬物復甦，是二十四節氣中的第三個節氣。由於這些害蟲在傳統華人思想中象徵搬弄是非的小人，因此人們相信透過「祭白虎」，能驅除惡運與病害，遠離小人是非。每年驚蟄，信眾會帶來寓意油水的肥豬肉，置於香港仔白虎神像口中，盼望白虎滿口油水後不再議論他人長短。信眾同時亦會帶來豬紅，祈求白虎吃飽後不再出口傷人。在香港的「祭白虎」儀式中，亦包含「打小人習俗」。因此香港仔是除了銅鑼灣以外，另一個聞名的「打小人」地點。

這段歷史與習俗，不僅反映香港仔的漁民文化與信仰，更見證了在現代都市中，傳統與現實如何共存，延續著守護與祈福的力量，成為社區的重要精神支柱。

深海異族傳說!!!

出現地點	出現時間	
香港仔	60-90年代	**人魚**

無間斷發現人魚蹤跡
真相永遠深沉大海中

據 1993 年 10 月 13 日的《南華早報》(South China Morning Post) 報道，於 12 日晚上 6、7 時左右，約二千人聚集在香港仔避風塘等候一艘漁船返港，由於人數眾多，需要警察到場維持秩序。消息指，一名姓杜船家透過無線電通知船家朋友，指自己在南中國近海南島一帶海域，捕獲到一條不明生物，這生物擁有仿如人類的長髮，臉型瘦削，有鳥嘴狀尖長鼻，卻沒有四肢。漁船原定會在當日下午 3 點回到避風塘，其後修正，指會延遲到 6 點才能回來。其間，消息經由不同渠道瘋狂傳出，先有漁市場漁檔老闆告訴親友這類口傳方式，後來更有電台及新聞報道提及。當晚除了有大批市民圍觀，亦有來自《無綫新聞》、《今日睇真 D》、《城市追擊》及各大報章傳媒等候。當晚 7 點，天文台發出 1 號熱帶氣旋警告信號，漁船並沒有如期出現，其他船家估計該艘漁船可能在其他港灣暫避風浪，導致延誤。最終，漁船在翌日上午 9 時才回到避風塘，船上並沒有人魚。

多年後，有駐守西環的輔警致電上電台靈異節目，指自己某年，聽到警員同事談及香港仔有市民報警，指捕獲到一條仿似人類的怪魚，據稱該生物是女性，而且能說話。該輔警當日透過內部指揮及控制通訊系統，留意香港仔人魚事件的發展，指當日有大量民眾及記者在碼頭等候圍觀，但據聞人魚已被漁夫放走。亦有傳聞指該人魚擁有看似退化的短小人類雙手，無法說話，卻會發出怪叫聲。

根據當時新聞報道，這宗人魚事件已是該月第三宗，在颱風黛蒂登陸香港 (1993 年 9 月 19 至 27 日) 前後，亦曾有另外兩次報告指有漁船捕獲人魚，當時船家亦沒有將人魚帶回香港仔避風塘，事件不了了之。據說，每當漁船捕獲未知生物，都需要向漁農署報備。當時漁農署職員留意到香港仔聚集了大量民眾，為免引發混亂，便與捕獲人魚的漁船相約在另一碼頭交出人魚，才允許漁船駛回香港仔避風塘。

其實，香港仔並非首次傳出有關人魚消息，根據香港仔舊街坊所稱，在約 60 至 70 年代，香港仔曾有漁船捕獲一條人魚。當日船家將人魚帶回避風塘，並在自家艇上展示，聚集數十人圍觀。該人魚身型比人類嬰兒稍大，身上沒有鱗片，皮膚呈肉色，有魚尾。有人認為牠是傳說中的人魚，亦有人認為牠只是是畸形的怪魚。在香港，除香港仔一帶的漁民曾接觸過人魚外，多區漁民、碼頭苦力甚至行船船員間亦有相關傳聞流傳，甚至聲稱親自遇見。傳言涵蓋南丫島、長洲、西貢、深井等地，雖然他們未必在這些地區直接遇上人魚，但可見人魚傳聞在香港並不罕見。

傳聞不斷，卻鮮有證據，主要由於水上人生活依賴大自然，對信仰十分堅定，他們相信捕捉人魚會得罪天后娘娘，然後病逝。有傳聞指曾有漁民誤捕人魚，人魚向漁民對話，漁民發現牠有靈性後，便自行放生；亦有傳聞指，有漁民誤捕人魚後，原本不想放生，但該人魚說帶走他，香港便會發生大災難，最後漁民只好放生；甚至有傳聞指，曾經有漁民誤捉人魚，海洋公園表示想收購，但該人魚在船艙內不斷進行猛烈撞擊，加上漁民迷信，深怕會帶來厄運，最終把人魚放生。除了漁民外，行船的亦有不成文規則，指假如有人魚出現，應裝作視而不見，以免招來不幸。據說曾有貨船在南海一帶遇上人魚，該名女性人魚抱着幼兒躍上甲板休息，船上所有船員皆裝作若無其事。一段時間後，人魚自行跳回海中離去。

此外，香港碼頭貨運歷史悠久，據傳早期碼頭苦力常在工作時遭人魚騷擾，牠們會跳上船隻休息，苦力們便會用棍將牠們驅回海中。據這些傳聞所指，人魚大都膚色較深，既醜且恐怖，人頭魚尾，速度極快，能說話。

人魚傳聞在 90 年代尚有所聞，當中最廣為人知，莫過於 1993 年《南華早報》報導的「香港仔人魚事件」，當時有漁民聲稱在南中國海一帶捕獲一條擁有人類面貌的人魚，引發上千市民圍觀。惟事件最終不了了之，人魚亦未曾現身。自此事後，踏入千禧年，本港人魚傳聞便從此絕跡，彷彿這些海中異族，已隨時代深沉入大海之中。

香港島

完

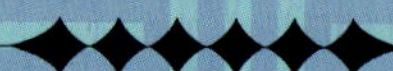

九龍圖鑑

嘉利鬼大廈

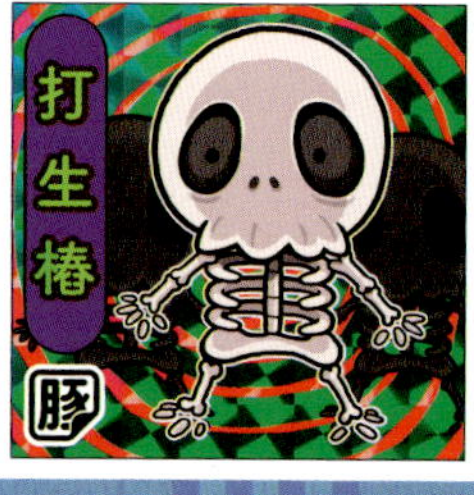

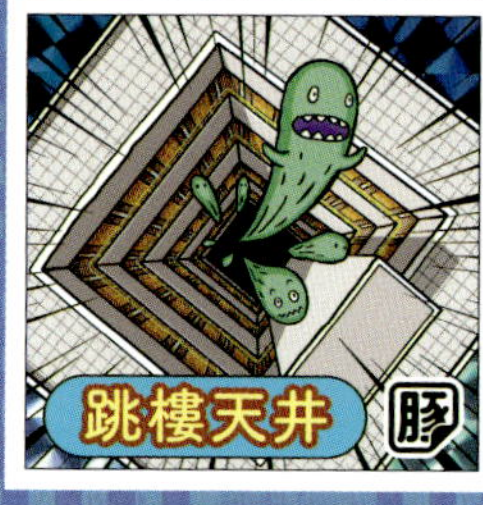

九龍

油尖旺·九龍中

火劫後之殘樓
鬼影與焦味

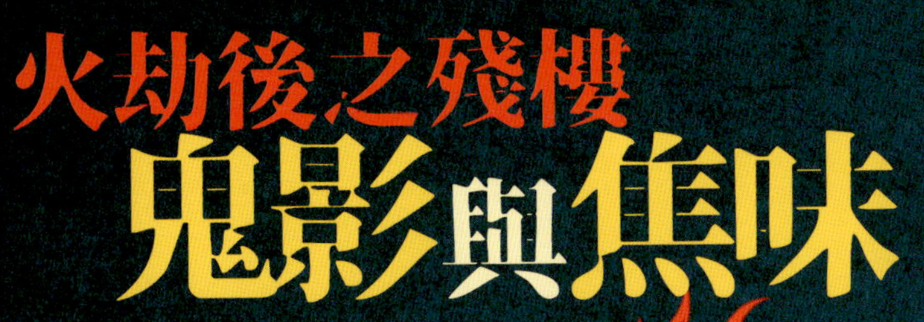

九龍 KOWLOON
No. 13

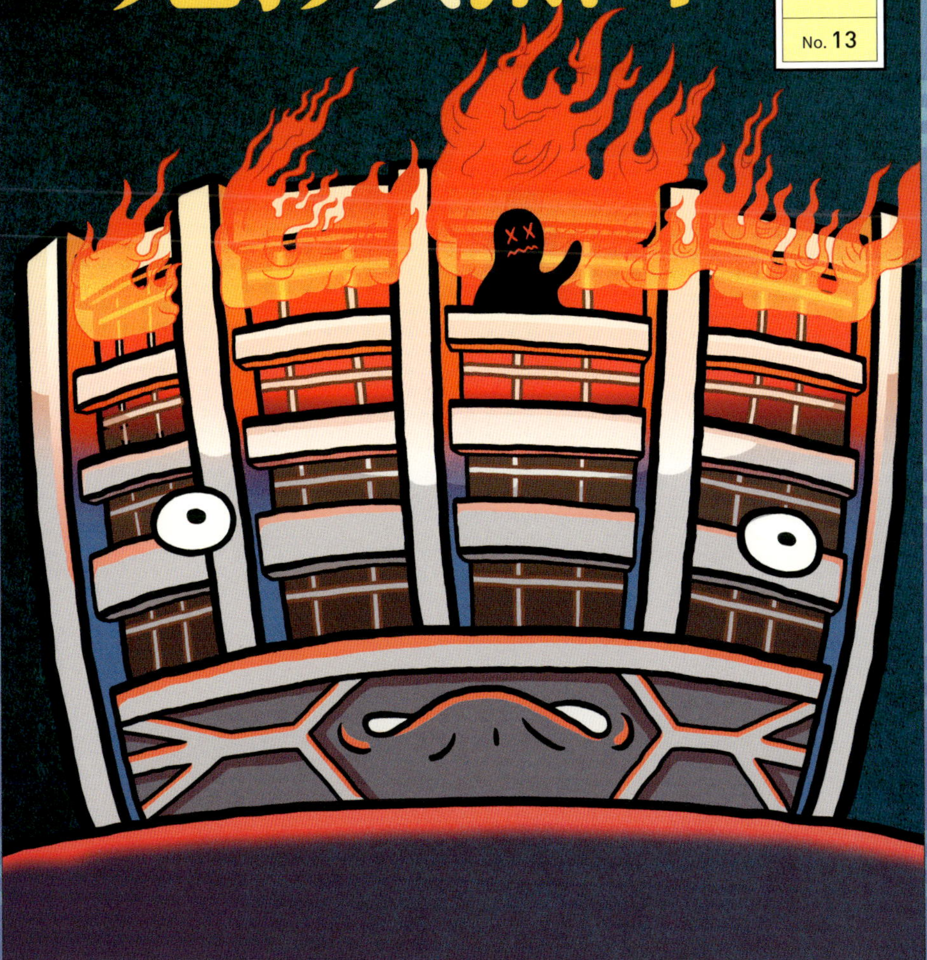

出現地點	出現時間	
佐敦	1996年	嘉利鬼大廈

已拆卸

嘉利大廈

GARLEY BUILDING

嘉利大廈 (Garley Building)
是一座樓高 15 層的商業大廈，
1975 年建造，位於香港九龍官涌彌敦道 233 號，
在 2004 年拆除，原址在 2007 年興建成佐敦薈 (JD Mall)。

1996 年 11 月 20 日，嘉利大廈發生五級火警，是香港史上最嚴重的高樓大廈火災，及死傷人數最多的火災之一。大廈總共有 4 部電梯，分別為 3 部直通全座及 1 部只為低層 1 至 3 樓國貨公司服務。當時正為所有電梯進行拆卸工程，2 號電梯工程已完成，當日正為 1、3 號電梯進行工程。由於稍早前為 2 號電梯進行工程時，出現濃煙及異味，所以管理員由 10 月 30 日開始，在大廈範圍內張貼告示，表示 1、3 號電梯工程已展開，期間會有黑煙冒出及異味散發，並要業戶不要驚慌。由於以上通告，導致當時在嘉利大廈上班的人疏於防範，合理化了所有火警預兆。

首個火警報案電話在下午 4 時 47 分由 1 樓的升降機維修工人撥出，他發現在 2 樓電梯口旁堆積物有六尺高的火苗。1 分鐘後，14 樓的牙科診所亦打電話報警，指有大量濃煙出現。由於時間接近，當時報案中心認為，這兩個報案是屬於同一場火。4 時 52 分，第一輛消防車到達，原本報稱的火苗在 2 樓，但當消防員檢查全幢大樓時，在 8 樓梯間發現

大量濃煙及熱氣，遂將火警升為**三級**[1]，即代表火警有蔓延趨勢，需要增派消防車及消防員到場。

5 時 17 分，火警升為三級後不足 20 分鐘，15 樓出現明顯火光，警報立即升為**四級**[2]，代表火勢猛烈，可能會有大量濃煙及高熱產生，災區市民會有生命危險。由於嘉利大廈是一幢商業大廈，位於彌敦道佐敦段的核心地帶，出租率相當高，而當時亦未過上班時間，所以大廈內有大量上班族在上班。火災主要發生在 1 至 3 樓及 13 至 15 樓，受嚴重影響的公司包括地下 3 層的中藝國貨店、10 及 15 樓寶麗金唱片公司辦公室及錄音室、10 樓時裝公司、11 樓的雜誌出版社、14 樓的牙醫診所、15 樓的周生生珠寶金行辦公室及同層樓的診所等。

火災在短時間內瞬速蔓延，加上管理處的告示，很多人錯失了逃生的黃金時間，受困在大廈內，消防隊伍需要尋找他們的位置。當時有 4 名

人士被困天台，根據他們事後所說，火勢蔓延迅速，原本以為安全的天台，在短時間內變得熾熱無比，難以停留，四周更有火苗包圍他們，他們甚至不敢向下望，只聽到下層被困者的呼喊聲在火警發生 10 分鐘內，由狂呼變得寂靜無聲。與此同時，其他樓層的被困者在窗內呼叫救命、揮動毛巾或向窗外投擲紙張，希望引起消防員注意及救援。

由於情況危急，消防隊伍主力營救受困者，其次才是撲熄火種。但消防的雲梯只能升到 8 樓，面對這類高樓大火，是當時消防員的一大挑戰，他們並沒有有效的方法救出高樓的受困者，最後消防決定派出黑鷹直升機營救高層受困人士，但香港高樓大廈多，加上天線等設施，難度極高。事後有街上市民回憶，當時直升機極低飛，非常貼近地面，感覺隨時會打到街上民眾，所以直升機內的救援人員其實亦十分危險。

直升機多次嘗試接近大樓，直到第三次才成功接近天台，並救出身處天台的 4 位被困者，但天台以下的受困者卻只能選擇其他救援方法。部分 15 樓被困人士以身上衣服，編成一條長繩並爬到旁邊大廈逃生。亦有 1 名在 15 樓診所被困的中學男學生，由於難以抵受高溫熱力，在窗邊掙扎多時，未能等到消防救援，只好鋌而走險，由 15 樓一躍而下，跌在金屬遮陽篷上，最後奇蹟生還。整個過程，由電視直播予廣大市民，不少市民曾經一度以為該男生直接死亡。另外亦有一位於周生生工作的女員工，在鏡頭以外，跌在大廈背面的金屬遮陽篷上，經過一段時間後，才被消防員發現，最後同樣奇蹟生還。

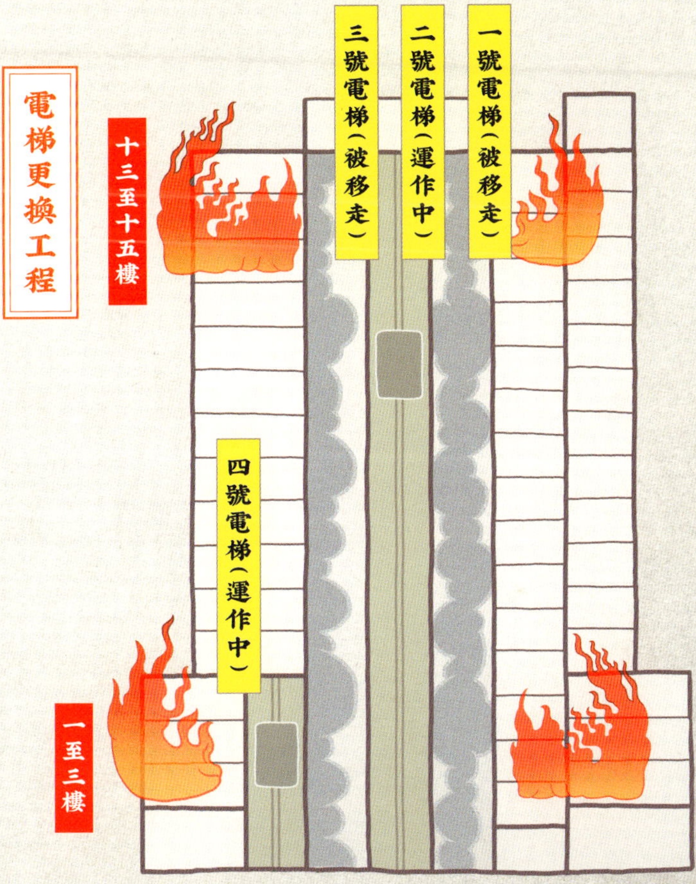

電梯更換工程

一號電梯（被移走）

二號電梯（運作中）

三號電梯（被移走）

十三至十五樓

四號電梯（運作中）

一至三樓

鏡頭直播下，除了以上所述的生還者，亦有不幸的被困者。例如一名男子在窗邊苦候救援，可惜火勢擴散極快，活活被燒成黑炭。此幕透過鏡頭，烙印在眾多香港人心中，成為大家的心靈創傷。

晚上 7 時 15 分，火勢失去控制，消防處遂將火警升為**五級**[3]。多個政府部門亦配合支援，醫療輔助隊到達現場協助傷者。根據 Discovery Channel 的 **"Blueprint for Disaster: Hong Kong Inferno"**[4]，嘉利大廈的大火是由煙囪效應引起。

當時火苗在地下出現，經由垂直又暢通無阻的電梯槽產生熱氣流，帶動煙及熱氣，直接上升到頂層而迅速引發頂層的火災。事後有說法認為火勢進一步的失控，是由於直升機的風壓所致，情況有如燒烤時用風扇對着爐火吹風般。但當時消防處否認這個指控，並認為直升機的風是向四面擴散，加上大廈有樓頂，並不會影響室內，而且首先拯救 4 條人命更為重要。

大火總共燒了 20 小時多，在翌日下午 1 時 47 分才開始被撲熄。事件導致 80 人受傷、41 人死亡，當中包括一名消防員在 5 樓搜尋受困人士時，失足跌進電梯風槽死亡。事件總共出動了超過 200 名消防員、40 部消防車、50 部救護車，同時亦有多隊醫療隊伍在現場增援。當時的港督彭定康亦有到現場視察災情。

嘉利大廈大火暴露了不少問題，政府因此修訂了消防條例，包括《消防安全 (商業處所) 條例》，要求商業樓宇及混合用途樓宇加裝消防設施，包括自動灑水器、消防栓和緊急照明等；及《建築物 (規劃) 規例》，規管樓梯及走火通道設計、加裝防煙門等。消防處更聯同屋宇署，加強檢查大廈消防設備及逃生設施。另外，消防處亦作出檢討，購入 47 至 53 米高的轉台雲梯及其他高空救援工具，同時亦開始引入更高防火性能的防火衣。

註

1 三級火警需要高級消防區長和消防區長作為指揮人員，並通常會出動 15 至 20 輛消防車，多達 100 名消防員及 5 至 10 條消防喉作為增援。

2 四級火警需要副消防總長作為指揮人員，並通常出動 20 至 35 輛消防車、100 至 150 名消防員及 10 至 25 條消防喉。

3 五級火警需要消防總長作為指揮人員，最少有 35 輛消防車、150 名消防員及 26 至 50 條消防喉。

4 紀錄片 “Blueprint for Disaster: Hong Kong Inferno” (災難鑑識：香港嘉利大廈大火)，2005 年首播。

枉死冤魂逃不掉
重建難驅舊怨氣

由於嘉利大廈位處九龍重要中心地帶，其出租率十分高，寶麗金唱片公司亦是其租戶，不少當紅歌手亦會在該大廈出現，陳慧嫻亦是其中之一。大火發生前，她曾經在嘉利大廈的電梯中遇上一件奇異事件，有人戲言她穿越了時空，去到了大火之後的嘉利大廈。事件發生在大火發生前數年，她有一次如常的進入電梯，打算上 10 樓寶麗金的錄音室錄音。但當電梯到達 10 樓時，卻沒有停下，而是往上再多上了 1 至 2 層才停下來。當電梯門打開的時候，呈現在陳慧嫻眼前的只有一片漆黑。由於當時她沒有配戴眼鏡，所以電梯外情況，她沒有完全看清。如是者，她按了關門掣，並重新按了 10 樓，這次她終於順利到達寶麗金。她思前想後，深感奇怪，便向在場職員詢問，是否有樓層正在進行裝修工程，職員卻表示並沒有任何樓層在裝修，亦沒有任何黑色圍板。所以當陳慧嫻在大火後回想起這段往事，大家便認為她其實到了火災後的嘉利大廈。但其實嘉利大廈大火發生前，內裏的電梯經常出現異況，例如沒有停在所按樓層、電梯停在樓層與樓層之間等，因此大廈才會進行其後引致大火的電梯維修工程。

除了陳慧嫻這個穿越時空的傳聞外，亦有人認為當時 15 樓外牆，掛了幅宣傳張國榮 12 月「大熱」演唱會的巨型海報，也是一個預兆。

海報中張國榮穿着火紅色襯衫，與大廈大火顏色相似。而海報背景是由不同相片砌成的牆，相片內容雖然模糊不清，但感覺就像嘉利大廈發生大火時，火光粼粼的情況。除此以外，寶麗金還有很多靈異事件曾經發生。譚詠麟在某電台節目說起，寶麗金的錄音室外有張經常自己跳動的桌子，需要幾個人壓在桌子上，阻止它繼續跳動，以免噪音影響錄音。他亦曾經表示，有次在錄音途中需要去洗手間，由於洗手間與電梯位置比較接近，他發現電梯竟然在無人按下按鈕的情況下打開電梯門。他立即明白是有靈體以為他準備離開，為他準備了電梯。他隨即開玩笑的說出自己還沒有要離開，這時電梯竟然自動關門。

梁思浩在 2024 年的電視節目**《直播靈接觸》**[1] 亦說出了另一寶麗金靈異事件，指在大火發生前數小時，前 Beyond 成員劉志遠正在 10 樓錄音室錄音，卻突然聽到耳邊有一把小孩聲音，催促他立即離開錄音室。由於錄音室有隔音設備，當時亦未有消防條例和火警鐘聲，所以內裏的人根本不會知道錄音室以外的情況。劉志遠聽到小孩說話後，透過閉路電視，發現原來走廊早已佈滿濃煙，便與錄音室的其他工作人員倉惶離開。逃生期間，他感覺到這個小孩靈體一直陪伴着他們，甚至引導他們從一條安全、難以發現的路線離開大廈。最後租用了嘉利大廈兩層樓層的寶麗金唱片公司，在大火期間奇蹟地沒有一名員工受傷，所有人安全地避開了火災。

嘉利大廈大火導致多人死亡，悽慘狀況歷歷在目。有傳死者家屬在殯儀館守夜時，竟然聽到棺木內不斷發出怪聲，彷彿死者不願意離開。而大廈在火災後多年，依然空置，坊間認為大廈變得陰氣極重，沒有人願意接近，不少傳聞亦因此傳出。據說有人途經已經荒廢的嘉利大廈，會看到大廈窗邊出現數十個人影，彷彿重複火災時的呼叫吶喊。

也有人說在大廈附近經常嗅到那種用水撲滅後的燒焦味，就算大廈在其後重建，這種燒焦味依然存在。坊間認為這是因為枉死的靈魂無法離開嘉利大廈所致。

除了以上說法，大樓亦有一些更為故事性的傳聞。據說某日有多人同時聽到大廈內傳出呼叫聲，街坊恐怕內裏出現意外而報警求助。當時一位警員及一位保安手持電筒，沿着樓梯向上尋找呼叫聲來源。不料，先行的保安卻突然大嗌「有鬼！」，便急急腳離開，留下警員獨自往上尋找。警察上到 13 樓後，電筒突然沒電，然而他透過窗外的街燈，依稀看到前面有一位臉色蒼白的女士正在求救。於是，警員便上前詢問，女士表示自己被困了很久，想離開那裏。警員以為她只是一般迷路，便請她跟隨自己一同離開即可。當他們回到樓梯，慢慢向下走途中，警員憶起大廈早已被圍板圍封，便好奇地問女士她是如何進入大廈的，但是女士早已消失，只剩警員獨自一人。

這個傳聞是有另一相似版本的：在火災發生後不久，報案中心多次收到電話，指嘉利大廈發生火警，報案女子更在電話中大聲呼救，情況緊急。消防員及警員隨即到達現場，但是已經荒廢的大廈與平常沒有兩樣。其後，警方追查報案電話的來源，發覺電話真的是由嘉利大廈打出，但因為火災，該電話早已停用。同樣與電話相關的傳聞，還有另一個，據說火災發生後，附近某間茶餐廳經常接到來自嘉利大廈某單位的外賣電話，起初店員沒有為意，並打算前往上址去送外賣，但是嘉利大廈的保安卻表示單位早已在火災焚毀，大廈早已荒廢，除了當值保安外，已沒有其他人。後來，這個外賣電話依然多番致電茶餐廳，茶餐廳老闆只好示意員工不用接聽該電話號碼的來電。

嘉利大廈於 2004 年開始拆卸，其後重建為佐敦薈 (JD Mall)，但是拆卸工程並不順利。2004 年 6 月 28 日，一名地盤工人被棄置的滅火劑壓縮氣樽**「哈龍 (Halon)1301」**[2] 炸致重傷，有人相信當中涉及靈異事件。當日下午 4 時多，9 名工人在清拆嘉利大廈 3 樓。其間，執鐵管工發現一個壓縮氣樽發出「吱吱」聲的洩漏氣體聲音，於是上前檢查。這時，4 呎多高、超過 97 公斤的鋼樽突然活塞爆脫倒下，將管工左臂削斷並擊碎，手臂骨、肉飛散在地盤內。壓縮氣樽再以螺旋狀態彈飛向對面街大廈 16 樓，再反彈回工地，其間撞毀簷篷及窗框，碎片跌落街上，擊傷一名男途人。其實在嘉利大廈火災後，有關部門曾在大廈內作徹底搜查，將所有危險物全部搬離，包括這類滅火器氣樽。這類「哈龍 (Halon)1301」氣樽亦早在 1993 年已全面停產，1994 年禁止入口香港，原因是內裏的溴三氟甲烷 (BTM) 是有毒液化氣體，會損害地球臭氧層。這座龐大的風煤樽理應不會被遺忘在大廈內。意外發生後，大批警員、消防員及救護員趕至，並將傷者送往醫院。由於執鐵管工左臂粉碎，中間一截手臂不知所終，因此不能進行接駁手術。消防處形容這宗意外極不尋常，而當時在場的工人亦認為事件十分詭異。自此，該地盤主管每日均會燒香拜祭，才開始工作，以安撫靈體避免再度發生意外。

註

1 靈異綜藝節目《直播靈接觸》，梁思浩主持，2024 年在 TVB 播出，集數為第一季第六集。

2 俗稱風煤樽。

多年以後，一名自稱是處理這意外的救護員致電到網台節目，憶述當時種種詭異之處。他到達現場時，首先遇上工地主管，當時主管已經嚇得哭喊出聲，還說當天忘記上香。然後，他看到傷者異常鎮靜，連一絲表示痛楚的表情也沒有，只是不斷地喃喃自語說：「我攞咗個電話…」當這名救護員把傷者送到醫院後，再檢查閉路電視，發現這座風煤樽體積龐大，難以移動它一分一毫。而它竟然在沒有人接觸的情況下，突然倒地平躺，再以旋轉方式飛向對面十數米以外。救護員認為在正常的物理狀態，風煤樽在擊到對面大廈時，應該會墜落，但竟然再度反彈，十分巧合地停在傷者旁邊。

佐敦薈 (JD Mall) 在 2007 年落成，雖然整幢大廈重新建造，但並沒有掃走嘉利大廈留下的陰霾。傳聞保安不但不會在後樓梯和廁所巡邏，還會手持超強光電筒巡邏。又傳他們每晚都會燒香，而那些香會在短時間內就會整枝變得焦黑，就像經火燻烤過一樣。至於租戶，有傳因為鬧鬼，最高數層的租戶都不會加班工作。除了這些以外，據說在 2008 年 11 月 8 日，商場的灑水系統和消防系統突然自動開啟，消防員接報趕到現場後，發現當時不僅沒有火災，更沒有任何人在該範圍。然而，有途人聲稱曾經看到一個黑影在拍打玻璃，並發出慘叫聲，像是求救一般。

隨着時間流逝，嘉利大廈慘劇並沒有在香港人心中消失。2022 年，佐敦薈租戶壽司郎在外牆電子屏幕播放一條火炙三文魚壽司的卡通廣告，片中可愛的三文魚壽司正被火槍燒烤。不少人被廣告勾起可怕記憶，對該分店為之卻步，更有人戲言這則廣告簡直是在靈體的傷口上灑鹽。

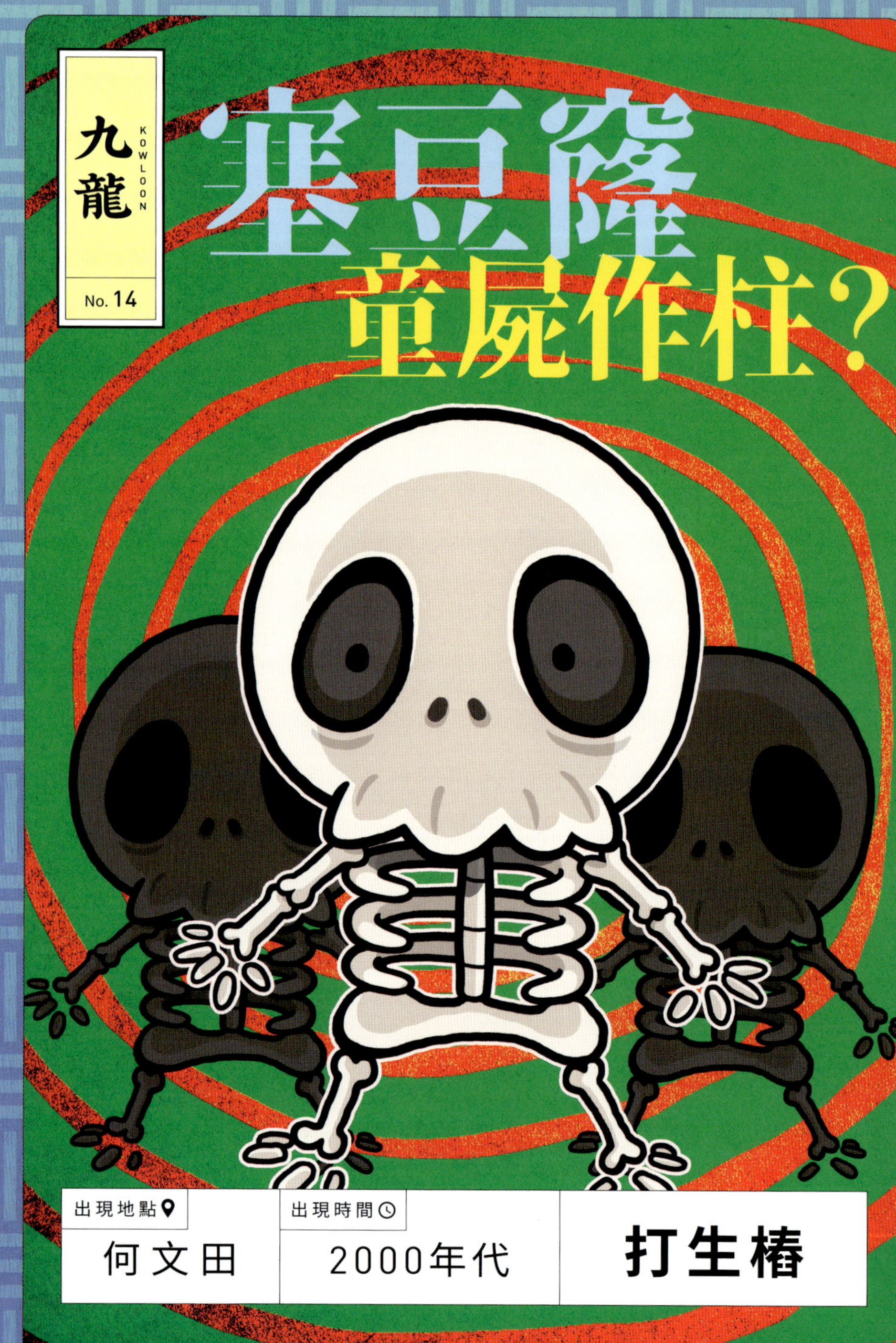
九龍
KOWLOON
No. 14
塞豆窿
童屍作柱?!
出現地點
何文田
出現時間
2000年代
打生椿

何文田

HO MAN TIN

何文田是九龍城與旺角中間的住宅區，屬於九龍城區的一幅小丘高地。根據政府地圖記錄，1894 年以前這座小山丘尚未命名。直到 1901 年，在港府工務局的《九龍規劃圖》上出現名字「HO MUN TIN」。名字出現有三個說法，第一個說法指名字源於附近一條名為「何文田村」的小村落，該地地主名叫陳何文，而那些田都屬於他，所以喚作「何文田」，即何文的田；第二個說法指因為該村落是一條複姓客家村，由何、文、田氏組村；最後一個說法是由「河門田」演變而來，在 30 年代由自由旅遊寫實作家**黃佩佳**[1]在報紙專欄記錄了「河門田」一名為華人墳場，與 1901 年開始在地圖上出現的「HO MUN TIN」吻合，而何文田則由諧音而來。

20 世紀初，香港爆發天花，「油麻地痘局」在 1911 年啟用，定址在何文田山麓，同時向政府申請將天花死者安葬在何文田山，「油麻地痘局」在 1920 年停用。60 年代，何文田成為徙置區。1973 年，政府**廉租屋邨**[2]何文田邨落成。1973 至 1975 年間，公共屋邨愛民邨陸續落成。

註

1 黃佩佳生於 1906 年，在庫務司署任職文員，以「江山故人」為筆名投稿各報章專欄。他的作品在 80 年代被捐贈給香港大學圖書館，因而被重新編輯成《香港本地風光：附新界百詠》、《新界風土名勝大觀》等。

2 廉租屋邨是公共屋邨的前身，何文田邨是最後一代的廉租屋邨，而愛民邨則是最早期的公共屋邨。廉租屋邨結構簡單，單位面積只有約 20 至 30 平方米，需要共用廚房、廁所。公共屋邨單位擁有獨立廁所及廚房，屋邨興建時亦會考慮附近社區設施，包括公園、商店等。

自古流傳祭魂法
人心惶惶怕被拐

2006 年 4 月 6 日，何文田公主道近常盛街公園對開行人路，正在進行水務署的更換及修復水管工程。然而，當工人挖掘一個 3 公尺深的泥坑時，卻發現一節手指，負責人報警，警察到場調查。10 日，挖掘工程繼續，發現 3 副骸骨。工人因為害怕會招惹亡靈，而拒絕再度挖掘。警察與工人協商，燒香拜祭後，挖掘工程才得以繼續。其後再發掘多 4 副骸骨，由於骸骨體積較細，因而認為是小孩骸骨。經化驗後，推斷骸骨已有 40、50 年歷史。新聞出街後，由於在一個細範圍找到多副兒童骸骨，甚至有小道消息指 7 副骸骨是以人疊人的形式埋葬，所以很多人傳言這是當年「打生樁」的證據。

60 年代，香港正值人口膨脹，各區正在興建不同基建，例如水塘、隧道、鐵路等。由於當時科技落後，興建這些基建是一種新嘗試，所以面對不少困難及意外。而傳統文化針對建築意外，會進行一種名為「打生樁」的活人祭。多區傳出有拐子佬，會擄走小孩用作「打生樁」，居民人心惶惶。在 1964 年，「打生樁」傳聞鬧得滿城風雨，更多次在報紙上刊登相關新聞。事件先由元朗發酵傳出，11 月時擴散至荃灣，其後連深水埗亦有拐子佬傳聞。由於當時所有人杯弓蛇影，導致有路人因被誤以為是拐子佬，而被毆

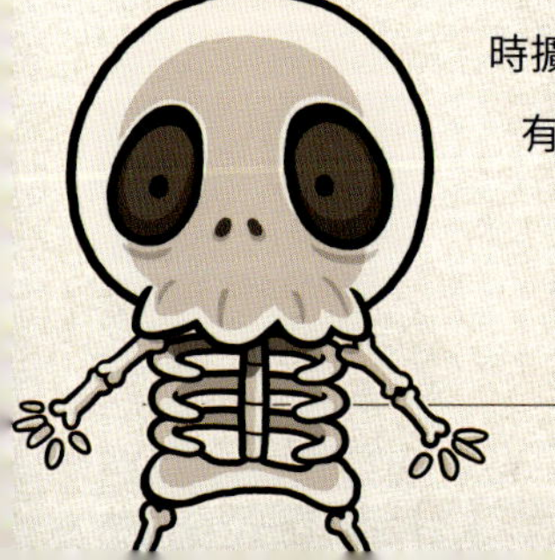

打。亦有學童因為自己的過失而受傷，為了逃避父母責備，而謊稱有拐子佬出現，受到襲擊，引發居民恐慌。

為此，報章傳媒針對盛傳的地區進行採訪，發現拐子佬傳聞根本無中生有，小孩失蹤案件並沒有發生。但是市民對傳聞的憂慮並沒有消失，因為當時正有多項基建正在興建，包裝獅子山隧道、紅磡海底隧道、地下鐵路、石壁水塘、城門水塘擴建、啟德機場跑道擴建等，當中更有部分工程經常發生意外。加上早在 1886 年，興建大潭水塘及鐵路時，已有「打生樁」的說法，這使 60 年代的市民對會因為興建新基建，而再出現「打生樁」更為確信。

1886 年 5 月，當時有傳政府需要 108 名兒童成為大潭水塘的「生樁」，更有人言之鑿鑿表示看到警員捉拿小孩，及看見面有難色的孩童在工地出現，令傳聞不脛而走。當時政府使用高壓手段去打壓傳聞，要造謠生事的人罰款，甚至監禁，這舉動更加提高了市民對政府的不信任程度。由於事件發酵升溫，促使政府對外解釋，建築炮台與水塘部分工程，位置狹窄，只有兒童才能勝任，所以工地才有兒童出現，但是當時並沒有人相信。

「打生樁」這個習俗歷史悠久，是一種秘傳建築方術，據傳**魯班**[1]曾闡述過相似理論，亞洲其他地區亦有相似做法。據**《魯班書》**[2]記載動土興建會破壞當地風水，觸怒鬼神，導致施工期間發生意外。但只要把活人葬於工地，他便會化身為該建築的守護神，保佑工程順利，建成後更會守護建築，防止倒塌。而「打生樁」這個意識形態，在香港甚為流行，其流行程度更能在一個名字中體現。

早期兒童夭折率甚高，長輩相信給孩子取一個好名字，會吸引惡靈注意，帶來厄運，減少兒童的福氣，因此習慣以惡毒的乳名稱呼小孩，「塞豆窿」便是一個較常使用的叫法。「塞豆窿」意即「打生樁」，是指將小孩塞在一個細小如豆的洞（窿）中。這稱呼反映出「打生樁」文化在民間極其根深蒂固。

傳聞「打生樁」常出現於重要建築或意外頻頻的工程中，較為盛傳有「打生樁」的建築物，包括紅磡海底隧道、獅子山隧道、屯門公路、大潭水塘等。更有說法指，香港 30、40 年代的建築工程經常需要 1 至 2 名兒童作為「生樁」。據說，一個在九龍沿海區的著名商場，亦因為施工不順，在其第 6 支樁柱下，埋葬了 3 名小童「生樁」。

雖然「生樁」之說常有耳聞，但卻無從證實其真偽。2006 年何文田公園掘出骸骨事件，雖然有人認為是「打生樁」的證據，但亦有歷史學家指出該地前身是墳場或亂葬崗，因而否定「打生樁」的說法。

註

1 魯班被尊稱為工匠師祖，擁有很多關於建築及木工的發明傳說。傳統建築行業、工程業等會常拜魯班先師，以祈求平安。

2 《魯班書》分上下兩卷，上卷記載了魯班的建造經驗、土木建築技巧和當時流行的一些害人道術；下卷記錄了民間的巫術（即厭勝之術）、道術、咒語、醫療法術以及上卷道術的解法。《魯班書》是一本偏向土木建築和道術結合的書卷，書中開篇第一句「欲學此術，必先絕後」，據書中表示，學習此書會迎來「鰥、寡、孤、獨、殘」的一項命運，因此這部書又叫《缺一門》，更被列為禁書。魯班生於春秋戰國初，現流傳的《魯班書》屬於明清時期，並非魯班本人親自寫作。

士兵亡魂
不願離場

九龍
KOWLOON
No. 15

出現地點	出現時間	
黃埔	90年代	日軍鬼魂

黃埔花園

WHAMPOA GARDEN

黃埔花園是一大型私人屋苑，
分為 12 期，大多以不同的植物名稱為每期屋苑命名。
當中第 6 期黃埔號及第 8 期黃埔廣場不是用植物作為名稱，
而且是單純商場及公共設施，其餘期數均為住宅連商場，
部分更擁有地庫停車場。

12 期屋苑總共有 88 座住宅大廈，每座有 16 層高，地面是商場，1 樓是平台花園，2 樓以上便是住宅單位。由於黃埔花園於 1985 年至 1991 年間分別落成，地理位置靠近當時仍在使用的啟德機場，因此樓宇高度受到限制。而電梯需要額外高出一層作為機房才能運作，發展商為了盡用地積，唯有將電梯機房那層亦建成樓層，故 16 樓沒有電梯能夠到達，需要使用樓梯。

黃埔花園原址部分是黃埔船塢（又名九龍船塢，街坊則稱為「大廠」），部分是填海所得，當時黃埔船塢只是紅磡灣土地一部分，尚未有黃埔區。黃埔船塢曾是遠東[1]最大規模的船塢，於 1863 年創辦，其造船及修船技術馳名全球，出產船隻的排水量甚至與日本齊名。隨着時代、地產及貨櫃運輸業發展，1971 年黃埔船塢與太古船塢合併，成立香港聯合船塢有限公司，並投資及興建葵涌貨櫃碼頭，船塢遷至青衣島運作，黃埔船塢轉為向貨櫃運輸業發展。直至 1978 年，貨運業務全面轉移至

香港國際貨櫃碼頭，1984 年達成與政府簽署換地條款，黃埔船塢土地用作發展黃埔花園。

1988 年，黃埔花園第 9 期興建期間，先後掘出兩尊大炮。其中一尊其後被移放在 1989 年仿照船造型而建成的商場「黃埔號」，船頭對出空位位置。該大炮是一尊 9 吋前膛炮，雖然炮身刻有文字，但是發現時已腐蝕模糊，需要經過鑒定，才可估計來歷，最後被認為是 1872 年鑄造，來自黃埔船塢維修的一艘英艦所遺失的。但有學者認為根據其出土地點及型號，該大炮該屬於「九龍船塢炮台」的可能性更高。而另一尊大炮，根據 1988 年報紙《華僑日報》表示，當時已被重型吊機運走，其下落並沒有被記載。

註

1　亦即亞洲東部地區。這個詞在英國殖民時代較常使用。

都市傳聞

船舶延續不堪歷史 招來軍人未散靈魂

「黃埔號」商場所在位置是黃埔船塢的一號旱塢遺址上，由於該地段並不能打樁，所以不能建造高樓。因此，商場被建成一艘猶如被精心改建的巨船，其設計外型以至比例大小亦根據真實船舶所建，成為黃埔花園的一大地標。由於其外型獨特，加上日佔期間，紅磡的悲慘**歷史事件**[1]，傳聞故事慢慢流出。據街坊所稱，曾經有不少在夜晚途經商場附近的路人，看到船身反映出軍人的影子，認為是日佔期間死去的軍人陰魂不散，不願意離開此地。另外，商場地底有隧道通往第 9 期百合苑，由於長年不見天日，有傳內裏經常有白影飄動，嚇唬路人。這些白影除了會在隧道內出現，亦會在隧道盡頭的電梯所連接的百合苑休憩公園內出現，據聞不少孩童亦曾經在晚間遇上，嚇得不敢再到該公園耍樂。

「黃埔號」內除了一般百貨公司、餐廳及超級市場外，底層地庫 2 層是年終無休的新城廣播有限公司。新城電台自 1997 年初便已進駐「黃埔號」地庫，有傳該電台經常發生靈異事件，是因為地理位置所致。同商場隧道一樣，新城電台的總部與世隔絕，陽光不能直達，與其他電台相比，有傳新城電台顯得特別陰森。由於電台廣播是 24 小時運作，深夜時段亦需要有一定數量的工作人員留守。據聞有一些需要深宵工作的員工，曾經在電台內遇上已過身的老前輩們，祂們來自不同時代及頻道，有華人亦有洋人，彷彿不知道自己已離世，依然和往常一樣，回到直播室工作，甚至教導後輩，十分敬業樂業。有些後輩甚至不知道他們是已過身的前輩，與他們作出了工作上的交流，及後與其他同事討論，才發現自己遇上靈體。亦有節目主持在直播期間，聽到一些自己沒有點播的音樂，由直播使用的耳筒內傳出，嚇得他找來兩位技術人員，最後發現那音樂只有部分人能聽到，亦幸好並沒有影響直播出街的版本。

黃埔花園以花園城市為發展概念，88 座住宅大樓包圍着設計獨特的巨型陸上郵輪「黃埔號」，其總長度更超過 300 呎，成為香港一個特別的風景。這個不平凡的設計，更引伸出一個城市傳聞：假如香港陸沉，「黃埔號」便會化身為挪亞方舟，拯救港人。

註

1 請參考《香港鬼怪百物語㈠》紅磡觀音廟篇。

九龍 KOWLOON No. 16

「係我㗎」靈體拒絕讓座!!

出現地點	出現時間	
九龍塘	2006年	又一城戲院鬼

又一城

FESTIVAL WALK

又一城 (Festival Walk) 是一個大型購物商場，位於九龍塘鐵路上蓋，交通便利。原址前身是在 1989 年至 1993 年間運作的達之路公共交通總站，其後商場於 1998 年啟用。在 2003 年以前，九龍塘站是唯一一個可以快捷地由九廣鐵路轉換成地鐵的轉車站。由於當時火車與地鐵分別營運，由地鐵轉換火車，是兩套獨立收費系統，需要出閘後再進入另一鐵路閘口，因而出現人流，直接帶動又一城商場經濟。2004 年，尖東站開通，雖然亦能成為轉車站，但由尖東火車站步行至尖沙咀地鐵站，距離比九龍塘站所需路程更遠，所以較少市民選擇以該站轉車。2008 年，因為兩鐵合併的關係，九龍塘站打通，轉乘鐵路不用再出入閘。

又一城商場樓高 7 層，設有地庫停車場及另一座 4 層高的甲級寫字樓。商場走中至高級路線，有超過 200 間國際品牌商店、餐廳、戲院及作為商場焦點的全港最大溜冰場。商場附近是學校及高級住宅區域，有多間國際學校，商場內更有出口直達香港城市大學，客人年齡層分佈平均。又一城自開業至今，戲院僅經歷過一次變更，由 AMC 又一城戲院 (AMC Festival Walk Cinema) 變成 MCL Festival Grand Cinema。AMC 又一城戲院在 1998 年開業開始，有 11 個影廳，當中包括 4 個大放映廳和 7 個細放映廳，2006 年縮減成 3 大 4 小放映廳，2016 年結業。同年 MCL 接手，一直開業至今。MCL 接手又一城戲院後，經過大規模裝修，與 AMC 年代完全不同格局，變成 1 大 6 小放映廳，另外還有 1 個 18 座 VIP 貴賓影廳。

位置不能胡亂買
靈體全程陪你坐

在 2006 年 12 月，又一城戲院突然成為全城熱話，電台、報章、雜誌與網絡亦高度談論。當時有傳在同年大約 10 月 18 日，《東方日報》刊登了一則新聞，指有位張姓男子在該戲院欣賞電影期間，突然心臟病發，被送往廣華醫院急症室。傳聞更指，當晚戲院負責人立即安排了一場打齋法事，在戲院內秘密進行。這則傳聞引來不同人士表示，自己的朋友曾在該戲院親歷靈異事件，作出這些發言的人士包括 903 商業電台多位 DJ 及歌手鄭融等。他們不約而同地說出自己朋友的經歷，而這些經歷與坊間其他流傳版本大致相同。

故事大致指朋友 A 曾經在較早時期，與另一朋友 B 前往該電影院的 6 號放映廳觀看電影。由於該套電影已上映了好一段時間，所以該場觀眾只有十餘人，放映廳尚有大量空位。他們坐在大約是 K18 和 K19 的位置，是位於中間偏左的路口位。原本一切如常，在燈光半暗，並播放片頭期間，有位身材瘦削的男子走到他們跟前，以一把十分溫馴且與女性無異的聲音，向着朋友 B 說那個位置是屬於他的。朋友 B 拿出戲票，對一對座位編號，便回覆這位男子說自己並沒坐錯位置。男子無奈只好向他們後方走去，其間喃喃自語說：「係我㗎，係我㗎……」朋友 A 與朋友 B 這時再次核實座位，肯定無異後，只好相視一笑，並下意識向後望一望剛才那位先生的去向，發現他已經消失在視線範圍。

朋友 A 心想他可能是去錯放映廳，或已在其他空位坐下。當電影播放完畢，出演員名單時，其他觀眾陸續離開，唯獨朋友 B 不為所動，由於他從事電影製作有關職位，朋友 A 以為他有觀看演員名單的習慣，於是在旁邊默默等待。這時，朋友 B 突然像掙脫了什麼似的作出了一個大動作，並快速離開，朋友 A 慌忙跟隨。當朋友 A 經過朋友 B 的座位時，發現地上有一大灘水，他下意識的以為有人打瀉了飲品。當離開放映廳，回到戲院大堂時，朋友 A 原本打算先去洗手間，但朋友 B 卻執意要先離開戲院，並不顧一切地向着通往溜冰場的出口離去，朋友 A 只好快步追隨。這時，朋友 A 在彷彿間聽到有人在後邊說：「你搞到我濕晒啦！」最後，他們到達地庫停車場，朋友 B 要求 A 代為駕車，A 才發現 B 的牛仔褲全濕，原來他在戲院失禁。在駕駛期間，B 才稍為冷靜，並向 A 說出剛剛的經歷。原來當電影剛開始時，那位陰陽怪氣的男士突然回頭，並直接坐在 B 身上。B 既不能發聲，亦不能動彈，全程只能看着那男士的後腦及頭髮，並聽着他不停重複說：「係我㗎，係我㗎……」直至完場，那男士突然消失，B 才能再次郁動，所以他立即奔離戲院。但 A 在全程都沒有看到那名男士，在他眼中，B 只是在安靜的看電影。

事後，B 因為職位與電影業有關，與戲

院職員亦有交情，多番向該戲院查探，最後透過某莊姓職員，發現有記錄的同樣情況，已經發生過 5 次，另不排除一些沒有記錄的個案。戲院亦有找來名為趙明德的台灣法師，進行法事，希望平息這個情況。趙法師更表示，戲院向着溜冰場的出口原來是鬼門，所以戲院在同年夏天進行了一次大裝修，而這出口的改裝工程更避開了盂蘭節期間才進行。

這個傳聞在當時風頭一時無兩，大家嘗試尋找傳聞源頭，最後發現所有談論的人都說是發生在朋友身上，並不能找到真正的源頭，同時亦有人翻查該年 10 月的《東方日報》，並沒有找到一篇關於又一城戲院男觀眾心臟病發的新聞。雖然如此，這些後續故事並沒有被廣大市民廣傳，傳聞直到又一城戲院轉手，才真正停止。

九龍東

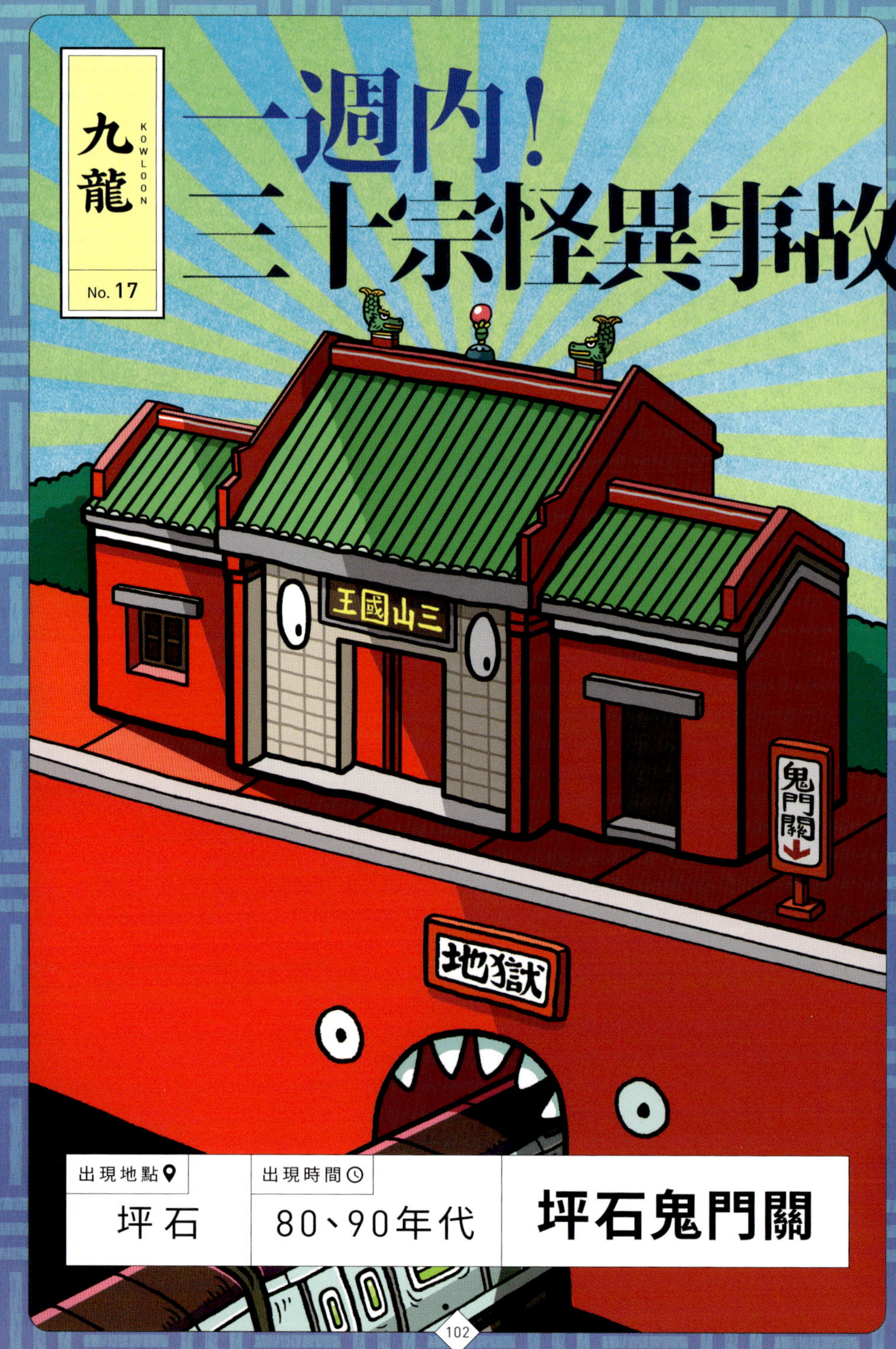
九龍
KOWLOON
No. 17
一週內！
三十宗怪異事故
王國山三
鬼門關
地獄
出現地點
坪石
出現時間
80、90年代
坪石鬼門關

坪石

PING SHEK

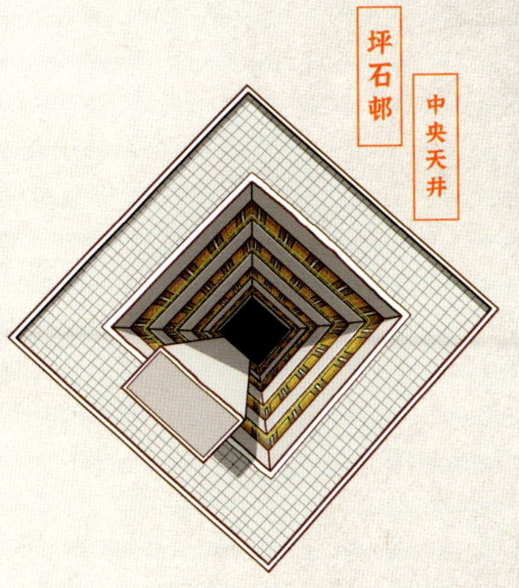

坪石邨是一條公共屋邨，
於 1970 年建成，
在牛池灣與九龍灣之間，
屬於觀塘區邊界，
鄰近黃大仙區。

由**「香港屋宇建設委員會」(屋建會)**[1] 興建，全邨共有 7 座，分別以寶石命名，當中 5 座是單塔式大廈，設有中央天井，曾是最高的香港公共屋邨建築；另外兩座是舊長型大廈，並沒有電梯，直至 2010 年至 2012 年間才加建。由於詠春宗師葉問的兒子葉準居住在邨內，所以邨內設有銅像。坪石邨原址是**九龍十三鄉**[2] 之一的坪石，範圍覆蓋坪石村及白屋仔村，兩村在 1967 年完成清拆。

註

1 其後合併為「香港房屋委員會」(房委會)。

2 九龍十三鄉是早期香港九龍 13 個規模較大的村落，包括沙埔、衙前圍、竹園、大磡、元嶺、沙地園、坪頂、牛池灣、坪石、牛頭角、晒草灣、茶果嶺和鯉魚門。

坪石邨旁邊有一座三山國王古廟，是一幢香港三級歷史建築，早在 19 世紀已建成。該廟在 1946、1965、1970 和 1992 年重修，1946 年的重修還包含擴建，其後一直維持現狀。一般三山國王廟是供奉三位揭西縣河婆鎮的山神，分別是巾山、明山、獨山的山神。但坪石三山國王廟只供奉功勳最高的「三王爺」及兩側的太歲和玄壇，另外亦有說鄉民以此尊神像代表了三位國王的神位。據說起廟原因是源於有人拾得「三王爺」神像，於是與村民討論，最後坪石村與河瀝背村村民決定合資起廟，並決定將廟建在風水靈石前。靈石當時位於海旁，由於四面都十分平滑，該地區因而被命名為「平石」，輾轉後變成「坪石」。

都市傳聞

靈廟助鎮鬼門關 屢救居民遠大禍

彩虹站在 1979 年正式啟用，其後**大量傳聞流出**[1]，有傳由於挖掘地鐵隧道的時候，掘穿了鬼門關，導致一連串事件在彩虹站發生，但其實該事件亦對坪石邨有影響。雖然挖穿的位置在地底，但由於靈異世界無形，地面的坪石村也因此受到波及。傳聞當鬼門關被打通時，坪石邨居民在短時間內即發現陽間與靈界連繫起來。由於當時正在進行地鐵隧道挖掘工程，所以居民立即知道這是地鐵公司的過失。僅在一週內，坪石邨發生了超過 30 宗意外，令居民無不驚恐。政府和地鐵公司為了安撫市民，秘密請來了法師尋求解決辦法。最後，法師推敲出鬼門關的正確位置，並在正上方興建了三山國王廟，以鎮壓鬼魂，怪異事件及意外更立即減少，地下鐵列車行走亦變得安全。雖然三山國王廟鎮壓了鬼門關，但是該地仍然屬於陰氣較重的地方。所以，廟前繁忙的觀塘道仍會三不五時發生交通意外。

傳聞在 1999 年 8 月，觀塘道發生了一宗交通意外，三山國王廟在此次事件再顯力量，保護市民。當日，一名父親帶着兩名兒子，途經廟附近，卻突然看到一道金光由廟射出，他們不禁駐足觀看。這時，一輛拖車拖着密斗貨車沿廟對開的觀塘道行駛，拖鉤突然鬆脫，導致墨斗貨車脫離車道，橫跨 4 條行車線，鏟上行人路，撞毀廟前的鐵絲網。而這位置正是 3 父子所在之處，假如他們沒有停下來觀看金光，恐怕已被撞上，喪失生命，附近街坊無不認為這是三山國王顯靈，保護了他們。雖然三山國王廟是附近居民眼中的靈廟，但亦有例外。有傳曾灶財曾在此地遇襲，導致他殘廢及精神失常，最後更自封為**「九龍皇帝」**[2]，而他部分墨寶亦有出現在坪石邨，並被保留下來。

註

1 請參考《香港鬼怪百物語㈢》彩虹站篇。

2 曾灶財整理祖先遺物時，發現祖先曾被御賜九龍城地段土地，所以他理應是地主。但香港成為英國屬地後，他卻沒有得到應有待遇，因而令他在九龍區瘋狂塗鴉，宣示並自稱為「九龍皇帝曾灶財」。

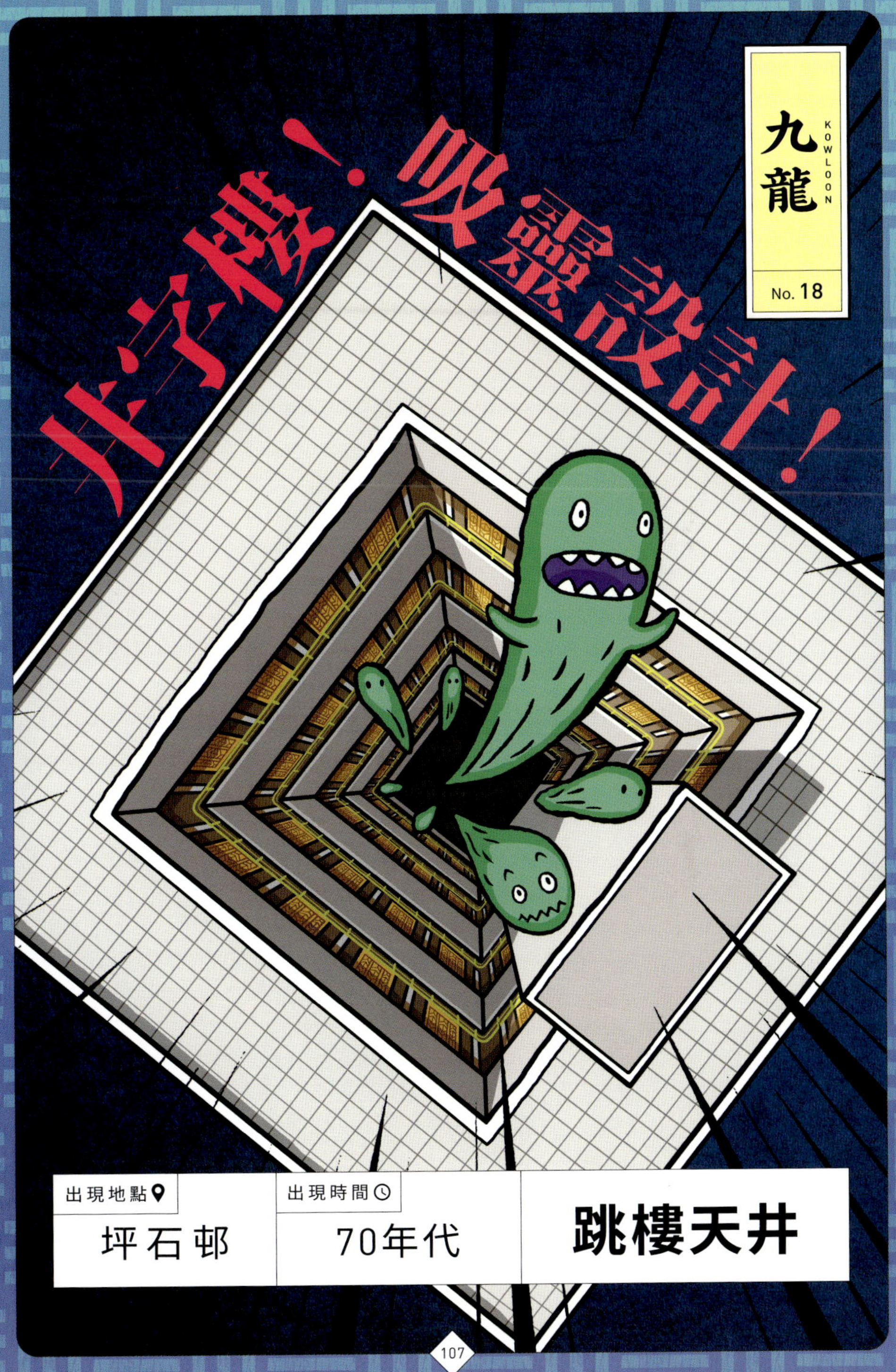
九龍
KOWLOON
No. 18
井字樓！吸靈設計！
出現地點
坪石邨
出現時間
70年代
跳樓天井

靈魂困於天井中 亡靈難逃尋替身

據說天井形大廈因其設計特別，及高密度居住環境，容易影響情緒，成為跳樓自殺人士熱愛地點。而坪石邨的 5 座天井形單塔式大廈，更被居民認為是全港最高自殺率的屋邨之一。紅石樓與黃石樓更因多宗事故，成為居民眼中最猛鬼的兩幢大廈。其誇張程度，甚至有邨外居民特地前往自殺。

由於多人在邨內自殺，加上附近有鬼門關的傳聞，不少居民認為是井字型大廈吸引了被困在地府的鬼魂，使他們誤以為這是通往天界的通道，而不顧一切地往井口飛去。當他們到達最高點時，才發現這並不能通到天界。由於他們不想回到地府，又不能前往天界，最後滯留在大廈。另外亦有說法認為井字型大廈結構，容易困着鬼魂，使他們找不到出路，滯留在大廈。無論那個說法，那些鬼魂也需要在大廈內尋找「替身」，並以此方法離開，所以才有那麼多人在大廈天井中自殺。

傳聞曾經有位少女，因為男朋友意外身亡，而悲痛欲絕。她打開家門，不顧一切地往前一跳，家人也來不及阻止，便跌在天井底而亡。雖然她是跳樓而死，但是屍體卻意外地沒有大量血跡滲出，街坊認為是她男友的靈魂抱住了她，使她屍體不至於死狀恐怖。

無盡隧道傳來
二胡聲!!!
九龍
KOWLOON
No. 19
出現地點
坪石邨
出現時間
2000年代
二胡伯伯

幽幽樂聲雖不安
善心老伯不害人

坪石邨與彩虹邨雖然只有一路之隔，橫跨它們之間的卻是非常繁忙的龍翔道，所以要來往這兩條公共屋邨，只能靠行人隧道或地鐵站通道。然而，地鐵站有開放時限，夜深人靜時就只剩下行人隧道能夠往來。這條隧道既深且長，四通八達有多個出入口，既連接彩虹與坪石，亦連接啟業、麗晶花園和啟德。日間時間，這條隧道人來人往，但由於早期科技較為落後，隧道曾經在晚上因光線不足，而顯得略為陰森。

這條行人隧道有一個盛名的靈異傳聞，據說晚上隧道內會有二胡聲響起。原來，曾有一位伯伯生前喜歡在隧道內拉奏二胡，雖然現在他已離世，但是二胡聲仍斷續飄響，恐怕是他陰魂未散。在這個故事背景下，有位男士深夜路經此行人隧道，聽到幽幽的二胡聲響起，起初他不以為然，以為這位演奏者在深夜，亦無減雅興去拉奏二胡。但當他走了大半路程，也依然未見演奏者的身影，他開始感到絲絲恐懼，越想越不對勁。說時遲那時快，行人隧道原本已經昏暗的燈光，突然全部熄滅，他唯有摸黑急步前行，原本已行了大半的路程，卻好像變得走不完似的。而二胡聲亦隨着他既焦急又害怕的心情，變得急速起來。在他焦急萬分之時，燈又再度亮起來，原本彷彿無盡頭的隧道，亦變回原來的樣子。這時，他立刻向着出口跑去，當他到達出口時，竟然聽到空無一人的隧道傳出一位老伯的聲音，要事主回頭，因為他遺留了東西。男人雖然害怕，但亦下意識地摸一下口袋，發現銀包果真不見了。他只好懷着忐忑不安的心情，往回走。隧道依然空無一人，卻彷彿滲出一絲絲詭異的氣氛。很快，他找到了自己遺留下的銀包，但銀包所在的位置卻十分奇怪。它被夾置於隧道兩側的扶手上，彷彿有人從地上執起，再放在那裏。他只好硬着頭皮，迅速地從扶手上拿回銀包，然後頭也不回地高速往回跑，邊跑邊大聲向老伯靈體道謝。

出現地點	出現時間	
牛池灣文娛中心	2010年後	**綠色鬼魂**

牛池灣文娛中心

NGAU CHI WAN CIVIC CENTRE

由康文署管理的牛池灣文娛中心
位於牛池灣市政大廈的 2 樓及 3 樓，
同座大廈還有地下至 2 樓的街市、
1 樓的體育館、4 樓的康樂事務辦事處、
5 及 6 樓的圖書館和自修室。
大樓有不同入口，分隔街市與文化設施。
整座大樓於 1987 年啟用，座落於清水灣道 11 號，
毗鄰彩虹消防局，與坪石邨、彩虹邨相隔一條馬路，
如要往來這兩條屋邨，只能依靠天橋及行人隧道。

牛池灣文娛中心是東九龍最大型的公共演出場館，中心內擁有劇院、文娛廳、演講室、美術室、舞蹈練習室及音樂練習室等，當中最大的劇院與文娛廳，分別可容納 354 名及 148 名觀眾，適合用作各類演出、社區活動、畢業典禮等。以上可供租用的場地設施都位於 3 樓，2 樓則是文娛中心大堂及城市電腦售票處。

都市傳聞 一

獨有傳統助保祐
旺場綠光受歡迎

牛池灣文娛中心擁有劇院、文娛廳、演講室、美術室、舞蹈練習室及音樂練習室等，其中作為主要設施的劇院及文娛廳，是大眾較為容易接觸及熟悉的，不少演藝團體包括粵劇團、舞台劇團、舞蹈團體等亦喜歡租用。據說鬼魂喜歡在劇場流連，以消磨及打發時間。加上在風水學上，演藝團體屬於偏門行業，有說從事偏門行業的人士亦較容易與鬼魂接觸。而這些不同背景的演藝團體，更有各自的文化與禁忌。

歷史悠久的粵劇除了表演本身以外，亦發展出一套獨有的儀式、禁忌。香港的粵劇團體供奉華光先師，更有流動的華光先師神箱跟隨劇團，內裏放置了先師的神位，整個神箱嚴禁女性觸摸。根據民間傳說，華光是玉皇大帝的三眼火神，受玉皇大帝之命，需要前往人間燒毀因聲震九霄而得罪天庭的戲棚。華光來到人間後，被戲棚的表演吸引，受到感動，不忍加害。於是出謀教導戲班子弟，要他們焚香化寶，令玉皇大帝以為煙火源於已銷毀的戲棚，因而逃過一劫。自此，戲班奉華光為「先師」，並一直供奉。現在香港的粵劇團體每當演出開始時，便會將神位供奉在後台，以看照保佑劇團的演出，避免意外的發生。除此以外，**丑生**[1] 還需要用硃砂筆寫「大吉」，並貼在後台。而「吉」字的「口」不能寫最後一畫，變成「冂」，為免變成「封口」，取其「開口」唱戲的意思。除了傳統的粵劇團有禁忌外，香港其他演藝團體亦有不成文規定，假如在彩排或演出過程出，諸多不順、怪事頻生，工作人員便需要進行拜神儀式，告之各方鬼神，祈求演出順利。鬼魂除了帶來負面影響外，也被認為能帶來正面影響。據說，如果某作品在演出時有靈體出現在旁邊觀看，而沒有造成意外，該作品便會成功受歡迎。牛池灣文娛中心更流傳着一則獨特的類似傳聞。據劇團演員表示，在牛池灣文娛中心的劇院或文娛廳進行演出前採排時，如果看見最後一排觀眾席後，出現綠色的煙霧或綠色的鬼魂，這場演出必定能售光全部門票。因此，劇團演員不會抗拒，甚至希望這個靈體出現。

都市傳聞 二

童靈難捨棄人間
長留該地續遊樂

牛池灣文娛中心被多條舊屋邨包圍，經歷數十年時光，生死交織，更有附近街坊去世後，化成鬼魂，不想離開的傳聞故事。據說，牛池灣文娛中心亦有相似故事。在文娛中心附近有一個休憩遊樂場，曾經是某位小孩生前喜歡逗留的地方。他過身後，化成靈體逗留在文娛中心內，不願意離開。不少人目擊他曾三不五時出現、嬉戲，但對人並沒有惡意。

註

1 粵劇中，扮演性格滑稽詼諧、舉止狡黠的人物。

九龍 KOWLOON

No. 21

全六顆未了心願！

出現地點	出現時間	
德福花園	1979年後	**鬼新郎1979**

德福花園

TELFORD GARDENS

**位於九龍灣地鐵上蓋的德福花園
於 1980 年至 1982 年分段入伙，
整個屋苑總共有 41 座。雖然是私人屋苑，
部分單位卻售予政府作消防員及警員宿舍。**

由於地點接近啟德機場，亦有不少航空公司曾購入部分單位作員工宿舍。德福花園興建期間，啟德機場尚在運作，所以樓宇高度受到限制，由最矮的 11 層到最高的 26 層不等。

1979 年 7 月 22 日，尚在興建中的德福花園發生一宗嚴重致命事故。當日剛過下午茶休息時間約 4 時 15 分，6 名男工友恢復開工，並前往 C 座工作。C 座當時正建至 12 樓高，5 名工頭與 1 名雜工欲使用旁邊的地盤吊機上 12 樓。這吊機是一座非永久並只限用於建築時使用的可拆卸式升降機，它沿着建成中的大樓而安放，可運 8 至 10 名工人，大廈建成後會拆離。原本兩名女工亦想同坐，但由於 6 名男士同時正攜帶兩包英泥，為免吊機超重，兩名女士被拒進入。當吊機上升至 7 至 8 樓時，突然出現故障，並急速向下墜落，導致吊機機頂馬達飛脫，機身嚴重損毀，6 名工友手足及胸骨斷裂，5 人即時死亡，1 人昏迷，送院期間不治。英國吊機製造商其後被告錯誤地計算可承受重量，但最後 3 名陪審團一致裁定 6 人死於意外。

1998 年 7 月 21 日，3 名分別為 41、45、49 歲的婦女及兩名分別為 15、17 歲的少女於德福花園 C 座 5 樓某單位內服毒身亡，其後被揭發是一宗以宗教為名的謀財害命案件。屍體在 7 月 23 日才被警方發現，由於 3 名婦女屍體旁邊，發現 3 封寫滿死者對生活不滿情緒的遺書，加上屋內有神壇、符紙、八卦鏡等宗教物品，警方一度懷疑事件與 7 月 22 日一宗同樣發生在德福花園的跳樓自殺案相關。

7 月 22 日這宗自殺案件發生在德福花園 T 座，一名 41 歲婦女因為信奉日本邪教組織，相信死後能輪迴復生而自殺。由於她與 C 座 5 樓的其中一位女死者相識，而且同樣信奉這個日本宗教，所以警方在翌日發現 C 座的命案，一度認為她們同樣是因為邪教組織而自殺，但卻因為找不到死者服用的毒藥，而推敲出案發時應有第三者在場，認為死因可疑。

7 月 27 日，警方發現來自汕頭自稱「風水大師」的李育輝有可疑，由於當時他身在內地，警方掌握一定證據後，便與汕頭警局聯繫。經過多月追捕，終於在 9 月 15 日湖北省通城縣緝拿他歸案，追捕期間多次幾乎失去其蹤影。案情指 3 名成年死者深信風水命理，因緣際會下認識李育輝，並多次找他相命看風水。案發當日，李向她們進行添壽法事，並訛稱因為法事需要，須按照每人的歲數，每 1 歲便需要放 1 萬現金在神壇 (3 人合共 137 萬元)，來進行祈福儀式。當儀式完畢，便可取回。

儀式期間，李要求每人獨處一房，由於屋主死者兩名女兒同在，她們亦被分隔在不同房間中。眾人不虞有詐，根據李的指示，各自祈禱及飲下符水。由於符水被李偷偷放了山埃毒，她們全都在短時間內喪命。在她們毒發身亡後，李抹走屋內所有指紋，調高屋內冷氣，在單位窗外掛上風水法器，將現場佈置成集體自殺，便帶走所有贓款後潛逃內地。他先是回到老家汕頭，其後匿藏在武漢，最後他在湖北省朋友家中落網。1999 年 3 月 23 日，李被內地法院判死刑，4 月 20 日二審，法院維持原判，並即時執行死刑。

屢生命案是巧合
還是怨靈尋伴侶

德福花園五屍命案轟動全城，僅隔一日，同一屋苑又發生一宗跳樓自殺案。女死者竟然與五屍命案中的一名死者有關聯，而兩宗事故同樣因為宗教迷信有關，間接或直接導致她們死亡。事件巧合情況眾多，不禁令人揣測與靈異事件有關。更巧合的是，19 年前的 7 月 22 日，同樣在 C 座曾發生一宗嚴重致命事故，導致 6 名男性死亡，與 1998 年兩宗事故的死亡人數相同，恰巧死者性別分別是全男及全女，同樣地 5 人先死去，另 1 人在較遠及稍後才身亡。更耐人尋味的是，1979 年事件當日的農曆日子是六月二十九日，1998 年則是閏五月二十八日，亦即當年第六個月份，如果以翌日自殺者日期計算，更會成為閏五月二十九日。巧合如此多，令不少人相信當中涉及靈異事件。

1979 年的 6 位死者全是正值壯年的男工人，當中有人是為了儲錢結婚，才投身地盤工作，亦有人是新婚未滿一年，準備迎來自己首個孩子。由於他們未能享受到美滿婚姻，留下未了的心願，加上法庭裁判該事故為意外，令枉死的他們心懷怨氣。因此坊間流傳，多年後，他們化作冤魂，尋找這 6 名女子成為「鬼新娘」，了卻生前遺憾。

九龍 KOWLOON

No. 22

命理執迷釀成大禍！

出現地點	出現時間	
德福花園	1998年後	鬼新娘1998

怨氣延續未曾離
單位買賣難重啟

德福花園五屍命案發被揭發後，該單位被視為「超級凶宅」。由於普遍相信被謀殺而死的鬼魂怨氣會特別大，加上坊間傳聞認為，5 名女死者的死因與 1979 年的 6 名男死者尋找「鬼新娘」有關，人們擔心類似事件會在未來的 7 月 22 日重演。因此該樓層及樓上樓下單位長期難以租售，且不時傳出靈異事件，令買家及租客望而卻步。

據聞在案件發生後，同樓層居民大都因為恐懼而暫時搬離，剩下空蕩蕩的走廊。其間，清潔工人如常前往該樓層倒垃圾，在無人的情況下，卻聽到背後傳來急促的腳步聲，彷彿在追趕着自己。工人回頭查看，依然空無一人。亦有聽聞除了腳步聲外，還有女聲匆忙表示，要清潔工人稍等，自己尚未倒垃圾。工人起初不以為然，繼續工作，但卻只聞其聲，不見其人。當工人轉身之際，卻憑空出現了一袋垃圾。工人始發現事件有異，嚇得驚慌失措，連滾帶爬逃離現場。

事隔多年，案發單位難免需要進行買賣、裝修等活動，但由於案件過於震撼，現在依然會被人談及，所以與該單位相關的活動只能低調進行。據聞曾經有鋪電線工人沒有為意，接手了這間凶宅工程，更獨自在單位內工作。當他在梯上專心致志工作期間，突然發現屋中出現樣貌恐怖的女鬼，對方正凶神惡煞地看着自己，嚇得他幾乎從梯上掉下來。由於他的同事正在另一單位工作，他慌忙離開凶宅，並找來同事，在沒有告知同事的情況下，要求同事與自己一同再次入屋。豈料，這次兩人同時看見這女鬼，他們故作鎮定，快速收拾所有工具，立即離開，並拒絕再到這單位工作。

相似的情況亦曾發生在地產中介身上，據說曾有地產中介帶着客人到該單位參觀，當時單位已空置了好一段時間，客人亦已知悉。但他們開門後，卻發現有一對母女坐在沙發上。地產中介立即知道她們並非活人，連忙向客人謊稱業主臨時回來收拾。幸好，毫不知情的客人表示不想打擾業主，便先行離開。地產中介回到公司後，向同事詢問，才發現鬼魂並非首次在該單位內出現，該單位的靈異事件早已在同區的地產中介流傳了好一段時間。

由於 5 名死者原本尋求添壽卻突遭殺害，怨氣極重，她們會經常現身案發現場亦不令人意外。然而，另有一頗為特別的說法。從她們被殺害到緝拿兇手歸案期間，涉及長達數月的追捕行動。開初警方苦無頭緒，鎖定目標後亦由於距離太遠，曾一度失去兇手蹤影，整個緝拿過程困難重重。有傳在警方失去目標人物線索時，有 3 個成年女子帶着 2 個未成年女孩，多次在九龍灣地鐵站月台出現，神情呆滯地詢問路人如何前往武漢，被詢問的對象包括了月台職員。由於她們在九龍灣詢問前往武漢的方法，問題比較罕有，那裏既沒有直通車，亦沒有連接內地關口的列車，引來部分職員的注意及談論，及後發現多位職員亦曾經遇上。職員翻查閉路電視後，才發現她們雖然在月台現身，卻未在閉路電視留下記錄，證實她們是鬼魂。當內地公安在湖北拘捕兇手後，九龍灣地鐵站的 5 位女靈體便再沒有出現。事後大家才發現原來當時兇手就匿藏於武漢，認為她們出現是想為大家留下線索，促請警方前往武漢捉拿兇手。

雖然她們再沒有在地鐵站現身，但是 C 座的傳聞仍有所聞。而屋苑曾經多次找來法師超度，可惜情況從沒有多大改善。

九龍
完

新界圖鑑

新界

元朗

大宅與鬼影
新界
NEW TERRITORIES
No. 23
西
西
西
中
中
中
一萬
二萬
三萬
出現地點
元朗
出現時間
2000年代
筱廬鬼大叔

筱廬

一九四二年

SIU LO

筱廬是一座樓高兩層的古老大宅，
位於元朗大旗嶺大棠路旁邊，
於 1940 年始建，1942 年落成。

它以曾經流行一時的中西合璧風格來建造，既有唐樓常見的騎樓、露台，亦有西式建築常見的石柱。有別於其他古老大宅，它以當時較少見的石屎取代青磚、泥磚。

原屋主是印尼華僑商人陳慕青，他在印尼以雜貨買賣及貿易起家，後來因為印尼政局不穩，而返回香港買地興建筱廬。但又因香港的戰事，要逃避三年零八個月，在 1941 至 1945 年間回到家鄉廣東梅縣居住，並讓親友暫住在筱廬。據說當時筱廬成為了東江縱隊港九獨立大隊，新界自衛隊的其中一個抗日集結基地。陳慕青回港後，便一直住到 1953 年逝世，後人一直居住在筱廬直到 70 年代尾，其後大宅以出租形式租予外人直到 90 年代尾，然後一直荒廢。

2013 年大宅圍牆更被拆去，取而代之被圍上工業鐵板，有傳是大宅將會被拆卸，最後卻無疾而終。2016 年大宅售予鄧成波家族。2017 年大宅被定為香港三級歷史建築。2021 年該地皮再易手予嘉濤(香港)控股。

八十人家聲未散
一宅孤魂夜長鳴

筱廬是元朗區出名的鬼屋之一，更被稱為「香港十大鬼屋之首」。曾經熱鬧一時的大宅，容納過陳慕青一家多達 80 人，由於鄰近大棠路，旁邊更有油站，每日經過筱廬的人數不少，但它彷彿自成一角。在 2000 年左右開始荒廢，自此，有街坊聲稱在入夜後，會聽到漆黑的大宅內人聲沸騰，那種吵鬧聲就像以往那一大家人依然在裏面生活般。甚至有街坊表示，會聽到裏邊傳出打麻雀聲，但是屋內卻空無一人。亦有人聲稱在深夜時段，看到黑漆漆理應沒有人的大宅門前，坐着一個面無表情的老伯（亦有人說是一個老婆婆），既沒有任何動作，也沒有任何聲音，彷彿在等人，但一眨眼就消失不見了。

筱廬在 2016 年售予鄧成波家族後，門前的空地被改成一個臨時露天停車場，加上旁邊是一個油站，每日也有不少車輛進出經過，另一個傳聞更與此背景有關。在某深夜，有一司機駕車經過附近，突然有一名拿着拐杖的老伯憑空穿過大閘，衝到車前。司機大驚收掣不及，車輛狠狠的撞上老人，老人這時卻化成輕煙消失了，司機完全不能相信自己剛剛所經歷的靈異現象。

有人認為，這位老伯鬼魂與屋內的吵鬧聲，是屋內已故先人化成鬼魂現身，提醒大家勿忘這地方的過往。

新界 NEW TERRITORIES

No. 24

池中沉怨，七女僕?!!

出現地點	出現時間	
元朗	90年代	**娛苑七妹仔**

娛苑

一九二七年

YU YUEN

娛苑是一座英式古老大宅，
位於元朗橫州東頭圍鄉公所旁邊，
於 1927 年由蔡寶田為母親興建。

蔡寶田是新界鄉紳領袖，以建造商人出身，同時更是合益公司、博愛醫院、元朗新墟創辦人之一，亦曾為保良局總理、香港紅卍字會主席。蔡氏一家居住在銅鑼灣，娛苑只是他們的避暑別墅。別墅樓高兩層，以傳統英式紅磚蓋成，天台有一座穹頂瞭望台，門前有花園和噴水池，屋後後山曾經種滿荔枝，蔡氏一家會在夏天來到別墅度假和採摘荔枝。由於蔡寶田的社會地位，他更曾以別墅招待港督金文泰和其他高官。

50 年代，別墅開放給公眾參觀。到 80、90 年代初，不少電影、電視劇在別墅取景，包括：

《京華春夢》
電視劇
以清末民初為背景，
1980年首播，全劇25集，
演員包括：劉松仁、譚炳文、
廖偉雄、汪明荃、鄧碧雲等。

《胭脂扣》
文藝電影
1987 年上映，
導演關錦鵬，原著李碧華，
主演張國榮、梅艷芳、
萬梓良、朱寶意。

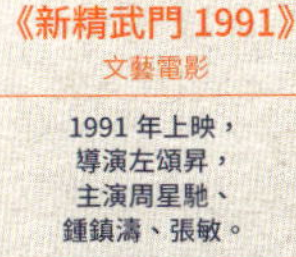

《新精武門 1991》
文藝電影
1991 年上映，
導演左頌昇，
主演周星馳、
鍾鎮濤、張敏。

《新殭屍先生》
恐怖電影
1992 年上映，
導演劉觀偉，
主演林正英、錢小豪、
許冠英、吳君如。

1991 年娛苑被轉售予一間地產公司，別墅開始荒廢。2007 年別墅被政府列為一級歷史建築，因此關閉以作保育。但由於日久失修，別墅在 2010 年被降級成二級歷史建築。

狂怒血染滿池塘
大宅歡笑成回音

別墅自 90 年代開始荒廢，便頻頻傳出鬧鬼，附近街坊對它望而卻步。別墅由一間別致優雅的英式大宅，演變成生人勿近的鬼屋，原因來自一個幾十年前的傳聞。當時別墅還是十分熱鬧，主人家與不少工人、女僕還在大宅生活，孩子的歡樂聲經常洋溢在每個角落。可是，女主人發現丈夫偷情，對象是家中某位女僕。她經多番明查暗訪，依然不能確定偷情對象的真實身份，這使她失去理智。某日，她前往大宅西面的妹仔屋，喚來家中 7 位女僕，對她們逐個嚴刑拷問，認為這樣就可以找到那女孩，可是卻沒有人承認或透露出任何消息。女主人大怒，失去理智，命人將 7 位女僕全都推落後院池塘，把她們浸死。亦有說是女主人先給女僕們下藥，令她們失去意識，才推她們落池塘浸死。發生這件事後，屋內的人在入黑後便會躲在家中，不踏出室外一步。另一傳聞則說蔡氏一家避免在晚上離開大宅，是因為別墅前身是亂葬崗，他們深怕在晚上離開大宅，會撞到孤魂野鬼。最後一個傳聞，在香港日治時期，大宅曾被日軍用作元朗司令部，不少人在裏面被殺。戰後由於大宅猛鬼，屋主一家抵受不了靈界騷擾而搬離。

根據記載，蔡寶田有 4 位太太，4 名兒子及多名女兒。在 1935 年，有 6 名賊人進入別墅搶劫，當時屋內只有 4 名 8 至 10 歲孩兒及女僕，毫無抵抗能力，賊人劫走大量現金及首飾。搶劫過後，屋內人對治安更為警惕。日治期間，蔡寶田先生被日軍委任為元朗區區長，負責糧食配給、人口調查等工作。

自從別墅荒廢後，不少前往別墅探險的人，都不約而同地表示妹仔屋、旁邊的工人廚房及廁所特別陰寒。有人則表示看到主屋內傢具移動飄浮，或 2 樓經常有白影飄過。晚上更有村民聽到別墅傳出女子的哭聲、呼救聲、憤怒咆哮聲等。而傳說中浸死 7 個妹仔的後屋池塘，早在 50 年代已被填平。

新界
NEW TERRITORIES
No. 25
亞洲十大恐怖地點！
《國家地理頻道》
出現地點
元朗
出現時間
90年代
達德學校

達德學校

TAT TAK SCHOOL

達德學校全名屏山公立達德學校，是一所位於元朗區屏山的已停辦小學。1931 年，達德學校由屏山鄧氏及村內推動教育者創辦，當時只是在愈喬二公祠教學，由於祠堂正門有一對聯「達期兼善，德修於身」，取其首二字而命名為「達德」，成為新界首創學校之一。

1939 年，隨着學生人數增長，達德學校正式擁有自己的校舍。到 1961 年，學生人數已有 700 多人，原有校舍已不敷應用。1965 年新校舍落成，並遷往現址。校舍呈「U」形，樓高兩層，左右兩邊為教室，中間是禮堂，禮堂前「U」形空地是操場。直到 1998 年，達德學校由於收生不足而停辦，校舍自此荒廢至今。

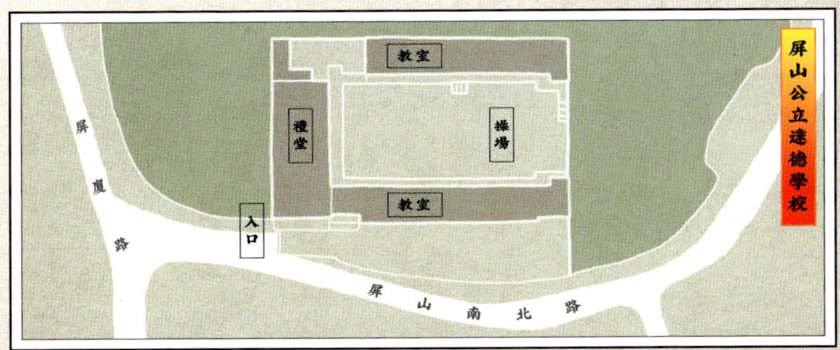

都市傳聞

在達德學校還在運作期間，已有少量校園傳聞出現。但自校舍荒廢以後，更成為蜚聲國際的鬧鬼勝地。其盛名程度甚至連 **National Geographic（國家地理頻道）的紀錄片“I Wouldn't Go in There”（亞洲猛鬼實錄）**[1] 亦將它列為亞洲十大恐怖地點之一。有人歸咎於前往學校的道路，佈滿大大小小的墳墓，校園內更能近距離看見不少墳頭，而屏山村民用作出殯的孝思堂亦在學校附近。傳統圍村前陽後陰，「前陽」亦即村的前方用作住人，「後陰」即村後是陰地，供放墓地。而過了達德學校後，便是陰地。那裏的「陰」，除了居民祖先的墳頭外，亦有傳與兩件歷史事件有關。

1899年4月14至4月19日爆發了一場命名為「新界六日戰」(Six-Day War of the New Territories) 的衝突，當時英國正準備接管新界，受到不少新界村民反抗，由於元朗屏山鄧氏是新界五大氏族之一，因而亦有派村民參與戰爭。當時約有 2600 名村民參與，他們以簡陋的武器來與正統軍人對戰，最後估計有 500 名新界村民戰敗身亡。傳聞部分戰死的村民，以亂葬崗的形式被埋葬在屏山達德學校附近。

日佔時期，達德學校停止授課。東江縱隊在新界打了多場游擊戰以抵抗日軍，屏山鄧氏亦有反抗。傳聞當時日軍大量殺害村民，亦有說指學校操場位置就是當時的行刑場，所以不少屍首被埋葬在達德學校現址附近。

在這些歷史背景下，達德學校還在辦學期間，已經流傳着一些相關傳聞。例如有人說看見學校出現被日軍殺害的冤魂，在校舍徘徊，或晚上聽見校內傳出腳步聲、哭泣聲等，更有穿着舊校服的小孩靈體出現。有舊生更表示，每逢打風落雨過後，周不時能在學校旁邊的山坡上執到懷疑人骨碎片。而達德學校最廣為人知的傳聞，莫過於廁所的紅衣女鬼，她的傳聞有多個不同版本，最大的差異主要源於她的身份。其中一個版本指她是被日軍殺害的冤魂，屍體被埋在附近，令她陰魂不息，經常在廁所出現。另一個版本則說她是某任校長，甚至說她是某任校長的太太，在校內的女廁身穿紅衣吊頸，所以變成厲鬼，經常在廁所現身。亦有版本指她是在男廁吊頸及現身，並不是女廁。現在坊間多數流傳，她現身的廁所位於西翼地下。

註

1 紀錄片“I Wouldn’t Go in There”，2013 年首播，全 10 集，主持 Robert Joe。關於達德學校的集數是第一季第一集。

自校園荒廢後，政府收回土地，並公開出租校園以作片場之用，大量不同種類的中外電影、電視劇集等亦會租借此地進行錄影，包括：

狼牙

功夫愛情電影

2008 年首映，導演吳京、李忠志，
主演：吳京、盧靖姍、森美、方力申等。

特攻闊少爺

法國動作驚悚電影

2008 年首映，導演 Jérôme Salle，
主演：Tomer Sisley。

全力扣殺

運動喜劇電影

2015 年首映，導演郭子健、黃智亨，
主演：鄭伊健、何超儀、鄭中基、謝君豪、梁漢文、邵音音等。

碟仙碟仙

恐怖電影

2015 年首映，導演黃柏基，
主演：鮑起靜、羅蘭、邵音音、莊思敏等。

洩密者們

懸疑電影

2018 年首映，導演邱禮濤，
主演：吳鎮宇、張智霖、佘詩曼。

十二傳說

懸疑電視劇

2019 年首播，全 25 集，
主演：蕭正楠、林夏薇、張穎康、劉佩玥、林子善等。

九龍城寨之圍城

動作犯罪驚慄電影

2024 年上映，導演鄭保瑞，
主演：古天樂、洪金寶、任賢齊、林峯、劉俊謙、黃德斌等。

因此，校園內佈滿不同語言和種類的道具，引致一度被傳學校前身曾是一所軍營或監獄，因而猛鬼。另外亦有一些以靈探為目的的節目，例如：

恐怖在線	怪談	搵鬼同你瞓
網台節目 主持：潘紹聰。	靈異節目 在 2011 年播出主題 《夜探元朗荒廢達德小學》， 主持：梁思浩。	靈異真人騷節目 2022 年播出的第 13 集， 主持：陳國麟、胡敏芝。

這類型節目大多以探險為主，少部分更會進行拜祭及招靈儀式。不論哪類型拍攝，不少曾經在內拍攝的劇組人員均表示曾經遇到靈異事件。《碟仙碟仙》的演員莊思敏曾公開表示，劇組人員對於要進入達德拍攝甚為緊張，雖然整個拍攝期間一直燒香拜祭，沒有中斷，但依然有怪事發生。一名劇組同事為演員拍攝劇照，照片本應只能捕捉到 3 位演員，卻意外地出現第四個身影。這身影外形仿似一團白霧，樣貌模糊，難以辨認。而莊思敏雖然已經佩戴了平安符，但進入禮堂時依然感到半身麻痺，她認為這是因為內裏有眾多靈體所致。拍攝《全力扣殺》時，有一宗更為詭異的事件發生，導演郭子健曾在訪問中提到，有一場戲需要在廁所進行，每當攝錄器材進入廁所，便會停止運作；然而，一踏出廁所，器材又會恢復正常。如是者重複數次後，劇組人員感覺到是靈體阻撓，便燒香對着空氣拜祭，表示拍攝只會佔用一炷香時間，完成拍攝便會離開。果不其然，所有器材恢復正常，拍攝順利。直到大約 10 分鐘後，機件又再失靈。工作人員看一看那炷香，原來是剛剛燒完。

達德學校的靈異傳聞經影視大幅渲染，早已惡名遠播，但一宗傷人案，更將猛鬼達德之名徹底推進全香港人的視野。2011 年 9 月 19 日，12 名初中生（包括 4 男 8 女）相約前往達德學校靈探，他們大部分來自天水圍某間中學，由一名中三男生帶隊前往。下午 3:30，他們相約在達德學校門口集合，並一同爬進校園探險。當他們抵達學校籃球場，首先留意到山邊有兩座墳墓，然後聽到有腳步聲由遠而近的步向他們，其後驟然停止，眾人膽戰心驚。這時，其中一名 14 歲女生 L 赫然發現墳頭有一紅衣長髮女子伏臥，她大驚並低聲詢問旁邊朋友，但是沒有其他人看見。眾人心感不妙，連忙拔足狂奔，跑向屏山輕鐵站。到達輕鐵站後，有人憶述剛剛看到的並不是紅色，是白色的人。正當眾人熱烈討論之際，女生 L 臉色變得蒼白，進而大叫，身體不受控制晃動，然後再猛力地以雙手捏着自己頸部。帶隊男生看見，只好向她潑水，希望能令她清醒及冷靜。沒料女生 L 竟然襲擊他，不但張口大咬他的手臂，雙手更是狂抓，把帶隊男生抓傷。最後集眾人之力，才勉強將女生 L 制止並報警。警察到場後，女生 L 與另外兩名女生一度短暫暈去。女生 L 及後表示，暈倒期間腦海中浮現多幅有人慘死的畫面。最後，女生 L 與另一女生需要送院觀察。這宗事故發生後，全香港對於事件議論紛紛，由於少女當時力大無窮，遠超一名少女應有的力量，不少人相信這是一宗鬼上身事件，達德之名經此事件後，更令人膽寒。

雖然如此，由於香港地少人多，缺乏拍攝地方，荒廢的達德成為一個既便宜又方便的片場。大熱電影《九龍城寨之圍城》部分場景亦在此拍攝完成，促使有議員提倡活化這所學校，成為電影景點。

葵涌·馬鞍山·西貢

新界
NEW TERRITORIES
No. 26

爸爸在哪兒？

出現地點	出現時間	
葵涌	90年代	貨櫃碼頭鬼母女

已改名

葵涌貨櫃碼頭

KWAI CHUNG CONTAINER TERMINALS

葵涌貨櫃碼頭現改名為葵青貨櫃碼頭，位於葵涌與青衣的藍巴勒海峽兩岸，由填海所得土地而建成。政府由 60 年代開始計劃及草擬貨櫃碼頭的建成，希望取代全港分散的貨櫃裝卸區，包括九龍倉碼頭、藍煙囪貨倉碼頭（又名太古倉碼頭）、黃埔船塢和北角均益倉等，統一成一個大型及專業的貨櫃碼頭，以處理當時香港開始急速增長的國際出口訂單。

由於興建貨櫃碼頭涉及填海，政府在 70 年代初以招標形式尋找營辦商經營及興建碼頭，第 1 個碼頭於 1972 年 9 月 5 日啟用，2 號、3 號碼頭亦相繼在同年落成。1976 年 4、5 號碼頭亦已經運作。1988 年，6 號碼頭投入運作，7 至 9 號碼頭分別於 1992 年、1993 年及 2003 年至 2005 年間投入運作。由於貨櫃碼頭的編號只代表發展次序，其地理位置並不順序，所以由葵涌方向數起，地理上的位置次序應是 5 號、1 號、2 號、3 號、4 號、6 號、7 號和最後 8 號，9 號碼頭則建於對岸青衣。

1987 年，葵涌貨櫃碼頭首次成為全球貨櫃吞吐量最大的海港，處理了約 343 萬個標準貨櫃，其後亦多次成為世界第一。直到千禧年年代，名次開始下滑，到 2024 年更跌出全球十大貨櫃港口之列。

深夜撞見無臉母女
職員見慣再不驚訝

葵涌貨櫃碼頭經歷香港由出口到轉口貿易的改變，當中涉及大量工人在內工作，無論白天或晚上都充滿人氣， 24 小時運作，全年無休。雖然碼頭內大部分地方十分熱鬧，但亦有某些區域例外。部分搬運工人及司機認為，貨櫃碼頭內有某些地方特別容易發生意外，當中涉及風水靈體，引致意外包括貨櫃掉落、工人受傷甚至死亡，他們偏向對這些區域避之則吉。

2000 年代初，潘紹聰主持的電台節目《恐怖熱線》訪問了一位前水貨車經紀，他憶述自己一段關於葵涌貨櫃碼頭的靈異經歷，節目出街後，引起社會迴響，不少搬運工人及的士司機紛紛表示，亦曾有類似經歷。從此，這個鬼傳聞成為葵涌貨櫃碼頭內最有名的一個傳聞，並受到不少香港市民討論及翻查。受訪者憶述，在大約 1993、1994 年間，他與另外 4 位水貨車經紀需要在深夜前往葵涌貨櫃碼頭收取貨物。由於這是他們第一次前往，他們相約在市區，一同乘坐的士到達目的地。但是，那位的士司機卻不太熟悉貨櫃碼頭的地理環境，而誤把他們送到目的地以外 10 多分鐘路程的地方。下車後，他們步行前往目的地。由於當時已是凌晨 2 時多，附近並沒有其他車輛或行人。途中卻看見對面馬路，有一對母女朝着相反方前行，由於小女孩正穿着校服，他們大感納悶，其中一人更忍俊不禁向身邊同事說，在凌晨

2 時送女兒上學，也未免太早了。走在前排的兩位同事聽到後，很自然的望向後面 3 位同事，卻發現那兩母女已經站在他們身後，而且她們的身高更變成跟他們相仿的高度，約有差不多 1.7 米高。她們就像把身體及頭部強制拉長了一般，比例與正常人體結構相去甚遠，臉部變得非常長，雖然還有輪廓，但是卻沒有了五官。母女二人彷彿希望以相約的高度，去看清他們 5 人容貌。5 人當中，有一位是女性，她禁不起驚嚇，尖叫了數十秒便暈過去。另一人由於手上拿有試車牌照，又因距離這對母女最近，便下意識想用這數塊金屬製造的牌照攻擊。然而，卻被另一位同事制止，以免這對母女會以意想不到的方法反擊。這位同事見攻擊無果，只好後退一步，同時間這對母女則向前邁進一步。他們 4 人有見及此，甚感驚慌，抱起暈倒的女同事，邊叫救命，邊向貨櫃碼頭方向跑去。沒多久，貨櫃碼頭內裏的工人手持電筒照向他們，並為他們打開鐵閘大門，引領他們進到碼頭內，並詢問他們發生了什麼情況。他們如實報告，指遇上靈體。工人們這時卻見怪不怪，表示這對鬼母女經常出現，她們身世可憐，由於早年交通意外而過身，母親當時正帶着女兒，來貨櫃碼頭接作為工人的爸爸放工，可惜遇上車禍，被車轆個頭部，頭骨碎裂而亡。她們死後，可能心願未了，依然在附近徘徊，尋找自己的老公或爸爸。事後這 5 位汽車經紀，經歷數個月的運滯，有人大病，亦有人經不起心理陰影而辭職。最後他們翻查紀錄，發現確實找到這對母女在 1988 年車禍身亡的新聞，她們死時的衣着與他們看見的鬼魂吻合。

這個電台節目播放後，不少人表示曾經遇上這對鬼母女，其後更有的士司機再度打上潘紹聰的電台節目，表示駛經葵涌貨櫃碼頭時，這對鬼母女曾經在自己車廂內突然出現，其間一直在問:「爸爸喺邊度？」

新界
NEW TERRITORIES
No. 27

營舍不眠!!
孤兒怨影!!

出現地點	出現時間	
烏溪沙青年新村	70年代	**吊頸鬼**

烏溪沙青年新村

WU KAI SHA YOUTH VILLAGE

由香港中華基督教青年會 (YMCA) 管理的烏溪沙青年新村，位於馬鞍山烏溪沙鞍駿街 2 號，是全港最多宿位的營地，可供 1000 人入住，並提供另外 1000 人日營營位，現在總共有 113 幢營舍，面積逾 11 公頃。

它前身是烏溪沙兒童新村 (Children's Garden)，於 1957 年由有「孤兒之父」之稱的微勞士牧師 (Rev. Verent John Russell Mills) 建成。50 年代初，大量難民湧入香港，微勞士牧師亦由中國轉移到香港宣教及救助孤兒。他當時看見大量孤兒無家可歸，認為急切需要建造一所大型的孤兒院。當時烏溪沙一帶尚未開發，只有附近一條百多人的村落，土地充足，適合建造一所大型孤兒院，自給自足。他因而選址烏溪沙，並在 1952 年參加政府拍賣會希望投得該地。其他拍賣商得知微勞士牧師競投土地的用意而深受感動，因此微勞士牧師在沒有任何競爭對手下，以極低價錢投得該地。由於當時烏溪沙位置偏遠，投標價格相對偏低，牧師以 420 萬元投得這幅佔地 51 英畝的土地。其後 5 年間，微勞士牧師親自駕駛推土車，開闢興建這塊土地，最後建成可收容逾千名兒童的孤兒院。直至 1971 年，烏溪沙兒童新村服務結束，並以 1 元價錢賣給香港中華基督教青年會，改名為「香港中華基督教青年會烏溪沙青年新村」。

悔恨不斷索人命 冤魂難逃宿舍間

70 年代開始，香港經濟起飛，市民開始有盈餘追求享受，度假營地因此成為大眾假日的熱門選擇。烏溪沙青年新村雖然設備齊全，但交通不便，需要由馬料水乘搭街渡前往。直至 80 年代，隨着沙田、馬鞍山、西貢一帶逐步開發，馬路終於能直達青年新村。加上它能容納大量人數，成為不少團體選擇的熱門地。隨着使用營地人數增加，猛鬼傳聞亦開始出現。

營內的傳聞主要圍繞日軍及孤兒，很多曾經在此度宿的人表示，在營內遇到日軍鬼魂操兵、軍人行刑、無頭女鬼等，因而認為度假村曾是日軍軍營。更甚，有傳烏溪沙曾經掘出一個萬人墳亂葬崗，其地點便是烏溪沙青年新村或其附近，所以營內鬼影幢幢，不少人言之鑿鑿表示目擊鬼魂的出現。傳聞青年新村內，有一幢甚少開放的舊營屋，除非出租率爆滿，否則亦不會安排客人入住。有人表示，就算這幢營舍沒有租出，依然能看見屋內有人影遊蕩。亦有入住的人表示，晚上會聽到有人在敲窗戶，但室外卻完全沒有人或物件撞擊。2005 年 12 月，香港主辦世界貿易組織第六次部長級會議，南韓農民組成「韓國民眾鬥爭團」，並到香港抗議遊行，其間入住烏溪沙青年新村。由於他們人數眾多，青年新村需要開放這幢猛鬼營舍給他們，傳聞他們入住後，亦遇到不少靈異事件，包括敲窗戶的聲音。另外，有傳有位韓

國女士晚間在村內，獨自由A點前往B點，當幾乎到達目的地時，迎面有位女孩與她相撞，撞得那位女孩跌了東西，要蹲下執拾。韓國女士定睛一看，原來那女孩執的是她自己的人頭，這一看把韓國女士嚇壞並失聲尖叫。由於女士距離目的地十分接近，不少原本在等候女士的人聽到尖叫聲後，慌忙衝出來看過究竟，但是女士當時已經嚇得只能尖叫，不能表達自己剛剛的經歷。這幢營舍猛鬼的成因，有兩個傳聞。其一，有職員表示，營內曾經發生命案，所以受害者陰魂不散；其二，有傳日佔時代，曾有日軍在此捉拿了兩位懷疑間諜，並要他們互相摑頭，直至死亡。他們死後，眾人才發現他們的清白，可惜為時已晚，他們的鬼魂亦從此冤魂不散。

前身為孤兒院的烏溪沙青年新村，亦有不少傳聞與此相關。有人說在半夢半醒間，看見發綠光的小女孩靈體在房內出現，騷擾住客。亦有人說在深夜看見一個女性靈體，因為後悔把自己的小孩送進孤兒院，而在營內大樹上重複吊頸。這個傳聞有另一個相似版本，有傳某營地保安曾看見有位女靈體，在深夜時分帶着一位小孩，在荔枝樹下嬉戲。據說，這位女靈體正正便是那位因為悔恨而吊頸自殺的母親。

真實歷史上，日佔時期比孤兒院的出現更早了十多年，而孤兒院前身只是一塊位於郊區的荒地，附近既沒有大型村落，也不是交通要道，歷史更沒有詳細記載關於烏溪沙當時的狀況。雖然如此，烏溪沙青年新村的靈異傳聞依然不絕於耳。

新界
NEW TERRITORIES
No. 28
猛鬼驅不盡！
斬盡荔枝
出現地點
荔枝莊
出現時間
40年代
人頭荔枝樹

荔枝莊

LAI CHI CHONG

被稱為「香港四大鬼域之一」的荔枝莊，
與鎖羅盆、大埔滘、新娘潭齊名。
荔枝莊位於西貢西郊野公園，
亦是香港聯合國教科文組織世界地質公園。
該地擁有不同類型的岩石，
包括火山沉積岩、凝灰岩、流紋岩、古生帶沉積岩等，
是全港第二歷史悠久的岩石地質。

此外，荔枝莊亦擁有一條歷史悠久的客家村，現在已沒有原居民長住。
前往荔枝莊只能在馬料水乘搭渡輪，或從白沙澳步行約一小時前往。

「香港四大鬼域」

樹上鮮紅惹人驚
鬼影鬼火現不停

根據名字理解，荔枝莊理應是種滿荔枝樹的地方，可是該地卻沒有荔枝樹。傳聞在立村時，該地曾有三棵粗壯巨大的荔枝樹而得名。亦有傳該地曾是一片荔枝林，某夏日晚上，有村民經過荔枝林，抬頭一看，原本滿是果實的荔枝樹，竟然變成了一個一個的人頭。村民大驚並與其他人商議，最後認為是樹妖作怪，把心一橫，把所有荔枝樹都斬去。這個傳聞還有其他版本，其中一個版本指，村內曾有小孩，因為過度進食荔枝而死，所以村民把荔枝樹都斬去。另一個版本則指，日佔時期，有日軍路經此地，對村民進行大屠殺，事後更把人頭掛滿荔枝樹上。由於怨氣太大，村民只好把所有荔枝樹斬去。

荔枝莊被認為鬧鬼，除了被傳因日軍在荔枝林進行大屠殺外，亦有傳日軍是在附近某已填平水池進行大屠殺。另外，有傳村內曾有義莊，擺放了很多不知名屍體，這些屍體會在晚上起來散步等。這類彷彿和歷史有關聯的傳聞，導致大家覺得荔枝莊鬼影幢幢。事實上，村內並沒有義莊，只有祠堂。如遇村民過世，會根據傳統儀式，將棺木放置在祠堂，直到一個合適的時辰吉日，才將棺木下葬。

由於荔枝莊景色優美，吸引不少郊遊人士宿營或露營。然而，很多在荔枝莊露營的遊人表示，夜晚時分會聽到一些詭異的聲音，例如有如鬼哭的哀嚎或鎖鏈拖動的聲音等，還有人表示曾目擊鬼火出現，甚至有為數不少的人表示曾在此地被鬼迷，找不到出路。除了遊人以外，更有傳曾經有一隊制服團隊到附近巡邏，當時正值夜晚，他們發現有黑影移動，以為是有非法入境者出現，於是上前追查，卻驚覺追蹤對象竟是一個半透明靈體。

除了以上這些露營遇到的靈異傳聞外，如選擇在附近白沙澳的青年旅舍宿營，同樣有機會遇到詭異事件。聽聞不少住客在舍內撞鬼，不但有鬼火在窗外飄動，亦有黑影在房內出現。有傳旅舍職員亦抵受不住鬼魂的騷擾，在自己的房間內貼滿大大小小的符咒，另外還供奉了好幾尊佛像，以保自己安寧。

新界
NEW TERRITORIES
No. 29
霞姨
我哋個飯盒要
香燭得啦！
兵
城門
出現地點
清水灣電視城
出現時間
90年代
古裝街鬼士兵

清水灣電視城

CLEAR WATER BAY TV CITY

清水灣電視城是「電視廣播有限公司」(通稱無綫電視)旗下的片場，前身為邵氏片場，毗鄰香港科技大學，於 1961 年啟用，佔地約 65 萬平方呎。

60 年代，片場主要作為拍攝邵氏電影之用。其後在 80 年代，邵氏電影收縮及減少製作，直到 1987 年「邵氏兄弟」宣布停止電影製作，並出租邵氏片場予有深厚合作及歷史淵源的「電視廣播有限公司」。1988 年清水灣無線電視城正式啟用，可惜部分古裝街屬於政府短期租約土地因而被香港科技大學永久徵用。90 年代尾，「電視廣播有限公司」認為清水灣電視城已經不足以應付製作需求，而決定遷往將軍澳。2002 年，將軍澳電視城陸續啟用，至 2003 年最後一個部門亦順利遷往將軍澳，清水灣電視城正式停止運作，其後一直荒廢。

2014 年「復星國際」收購該地地皮。2015 年古物諮詢委員會評價邵氏片場行政大樓為一級歷史建築；1 至 6 號錄影廠、2 至 4 號宿舍、邵氏別墅、片倉及配音室、製片部和彩色冲印房為二級歷史建築；7 至 10 號錄影廠、守衛室、採購部、服裝間、行政人員宿舍和員工餐廳為三級歷史建築。2021 年，部分建築被拆卸，包括 2 至 10 號錄影廠、2 號宿舍、製片部、採購部和員工餐廳。

人間拍攝進行中
陰間眾魂聚看戲

一直有說靈體由於沒有時間限制，長時間停留在人間，日子過得非常苦悶，所以他們喜歡流連在電影院、劇院、拍攝現場等地。他們會認為演員在短時間內，經歷不同人生、時代，是十分新奇的事，與他們沒有時間限制，又不能離開塵世，形成一個相反局面，所以邵氏片場亦成為了一個靈體聚集的地方。除了一眾已故演員、導演，因為熱愛這份工作，或對生前生活念念不忘，而停留在此外，這地方亦吸引了其他靈體來觀看演員們的演出，有些甚至會搞些小惡作劇，來證明自己的存在。因此，大家拍攝電影、電視劇集前必會進行「開機拜神」，以告知各方鬼神，祈求拍攝順利。「開機拜神」期間，所有演員及工作人員均需出席，亦經常聽聞會有演員因為宗教理由，拒絕出席，導致拍攝諸事不順，甚至受傷，最後要這演員重新拜祭才能夠重新拍攝。

清水灣電視城不但擁有室內廠景，亦有室外景。室內廠景有 1 至 10 號錄影廠，據說在錄影廠拍攝，有一個不成文規定，就是忌往上看。因為靈體喜歡在陰暗的燈槽及攝影棚間，觀看演員的演出，如果在拍攝期間往上看，很容易會看到他們坐在上邊，晃動雙腿偷看演員演出。清水灣電視城的室外景，則有極具特色的「古裝街」。這地方是所有工作人員公認發生最多靈異事件的地點，由於「古裝街」佔據整個山頭，內裏被劃分為不同區域，以不同時代背景建造，方便拍攝。有傳靈體會根據自己生前的年代，而停留在屬於自己時代的古裝街區域內，所以每個區域的靈體不盡相同。傳聞有演員深宵還在拍攝古裝劇時，看見城樓上站滿士兵，由於當日只是拍攝文戲，不會出現打仗的戲份，他思前想後，覺得不太對勁。而在一眨眼間，這些士兵竟然消失了。其後，他向導演打探，表示自己看見城樓上的士兵。導演竟然冷靜的回答，他們偶然便會出現，只要不加理會便可。

除了靈體會根據自己的年代，而前往同時代的古裝區域，亦有另一種特別的靈體會在古裝街出現。有傳某年曾有一名新入職的保安，他在晚間巡查期間，發現古裝街燈火通明，有一對拍攝隊伍正在拍攝，卻沒有申報拍攝檔期。於是，他上前詢問這支隊伍屬於那位導演，其中一位工作人員表示，這是某某導演正在拍攝的團隊。新人保安在紀錄簿上記下資料詳情，並要對方簽名作實後才離開。他回到保安室後，向上級報告。上級聽後大驚，不但指出當時沒有拍攝正在進行，更指出這某某導演是邵氏年代的導演，早已離世。新人保安聽後嚇破膽子失神地看着手上證據確鑿的記錄簿，早上便辭去職位，沒有再回來上班。

歌手鄭伊健亦曾經在古裝街遇上靈異事件，據說他曾經在街上與另外 7 名朋友夜玩 War Game，當遊戲結束準備離開時，大家需要確認全員到齊，卻意外發現當時竟然有 9 個人。他們甚是害怕，反覆核對人數，依然多出一個人。他們無計可施，決定先離開古裝街，希望回到有燈火通明的食堂再作打算。抵達食堂後，他們再重新確認人數，這才發現人數終於回復成 8 個人，眾人才能鬆一口氣。

新界
NEW TERRITORIES
No. 30

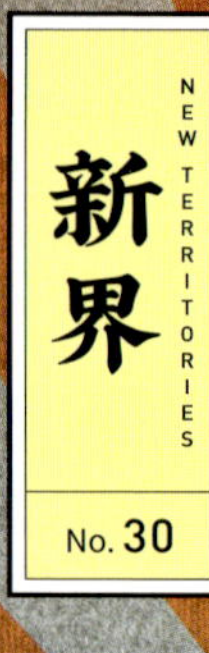

廁所傳來，一杯冥界奶茶!!

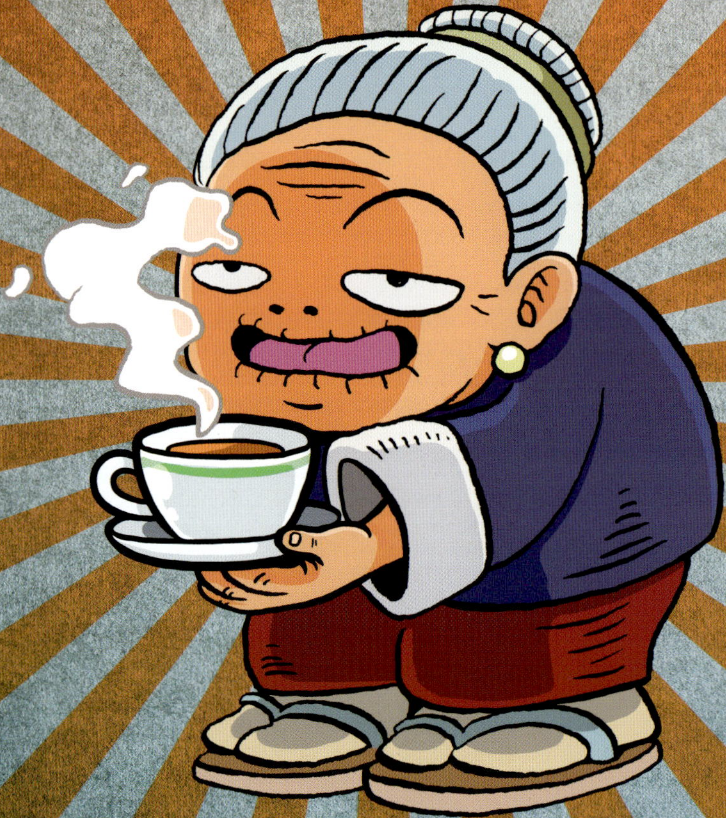

出現地點	出現時間	
清水灣電視城	90年代	奶茶婆婆

生前上心盡責任
逝後不離送溫暖

清水灣電視城前身是邵氏片場，部分建築物歷史悠久，部分則是後期改裝或新建而成，而內裏的廁所亦因應要求，有新建或保留原裝舊廁所。舊廁所由於建於 60 年代，不但使用踎廁式，更沒有冷氣抽風系統，只能打開窗戶以作通風之用。這種舊廁所除了因為設備比較落後，導致大部分人不考慮使用外，最主要原因，是有傳電視城內的這類廁所比較容易遇上靈體。有人曾經在這類廁所遇見沒有腳的靈體；亦有人在關上廁所門後，聽到門外有洗手聲音，但是整個廁所也沒有其他人。

電視城內的 1 至 10 號錄影廠旁邊，亦配有廁所，方便工作人員拍攝時使用，以減省移動時間。專門拍攝處境劇的 6 號廠房，廠房使用率雖然極高，但是女廁的使用率卻相對低。大家都不太願意進入這個廁所，萬不得以才會找來同伴一同進入。據說，是因為這個廁所尤其詭異，人稱「奶茶婆婆」的鬼魂便在其中。當大家夜深還在拍攝，人有三急使用廁所時，廁格門關上後不久，便會聽到有位老婆婆敲門，並問：「飲唔飲奶茶呀？」如果不回答老婆婆，她會一直敲門，一直問下去；如果回答老婆婆不需要，她便會有禮離開，不再打擾；如果回答老婆婆需要，隔沒多久，便會有對老人家的手，拿着奶茶穿過廁所門，送上奶茶。除了奶茶外，婆婆亦會為忘記帶廁紙的大家在廁格隔板下的空隙遞上廁紙，大家起初不疑有詐，直到如廁後，打開廁所門口，卻發現門外其實空無一人。「奶茶婆婆」除了在 6 號錄影廠的女廁出現外，亦有傳她會在電視城門口大斜路上出現，追着大家問要不要奶茶。由於清水灣電視城依山而建，所以門口依然屬於荒山野嶺，人煙稀少。如果在門口遇上奶茶婆婆，亦同樣是孤立無援。但大家只要回答不要或已喝過奶茶，她便消失，否則便會被她一直纏着。由於不少人遇到奶茶婆婆，大家開始對這位婆婆感到好奇，並認為她是邵氏片場或電視城的一位茶水部老員工，過身後依然盡忠職守，為清水灣電視城的各位服務。

北區

雨夜斗笠影
祖先低語

新界
NEW TERRITORIES
No. 31

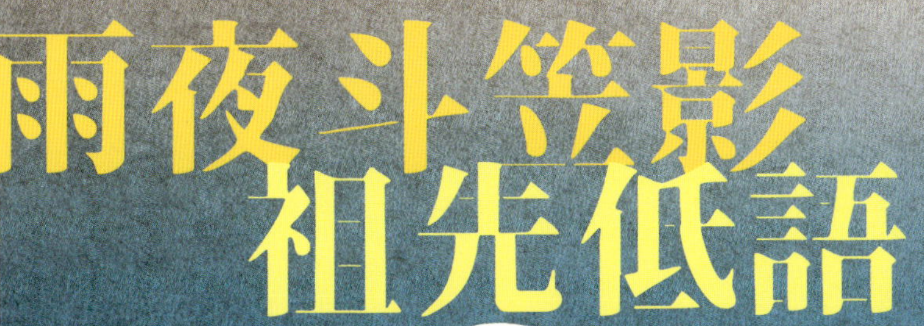

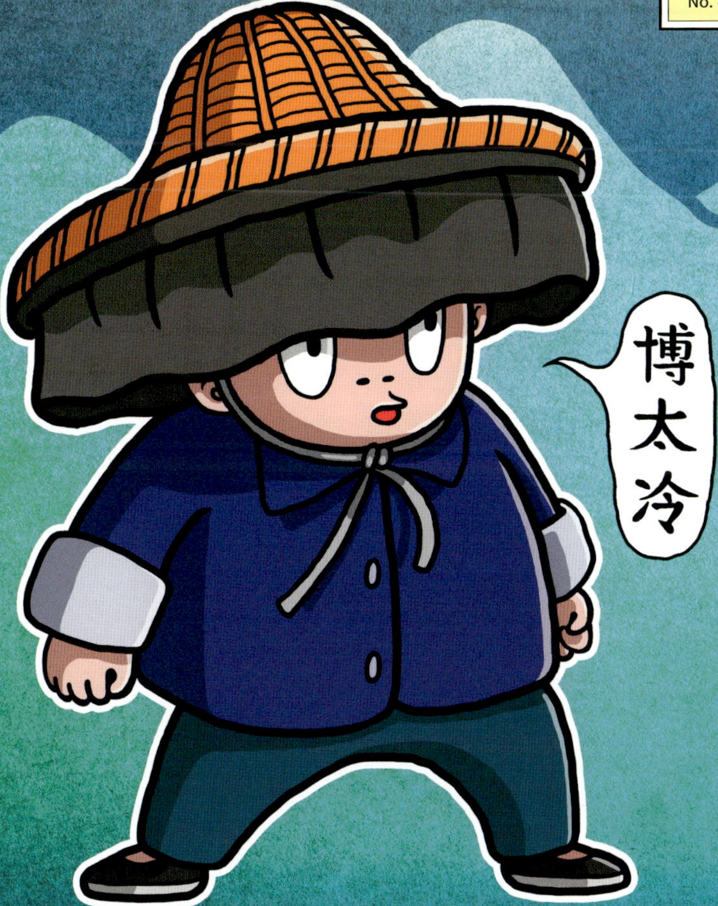

出現地點	出現時間	
沙頭角	80年代	**谷埔客家鬼**

沙頭角

SHA TAU KOK

沙頭角位於新界北區，
連接深圳鹽田區邊界，屬於香港邊境禁區。
相傳一位清朝大臣某日巡視新安縣沿岸，
被河山景色感慨，而題了詩句「日出沙頭，月懸海角」，
這個河岸邊因而被命名為沙頭角。

沙頭角範圍廣泛，包括萬屋邊、禾坑、石涌凹、南涌、鹿頸等地，和位於新娘潭路以東的烏蛟騰、榕樹凹、谷埔、鎖羅盆、荔枝窩等地相鄰，亦包括印洲塘一帶，吉澳、鴨洲及附近島嶼。以下是沙頭角居民間流傳，包含很多附近地名的民歌。

梧桐嶺上雨瀟瀟，直透横山七木橋；
三門凹下人聚會，禾坑谷埠出烏蛟；
暗逕沙頭山嘴灣，圓墩沙井亂磨刀；
新村麻雀巖下立，紅崗擔水入碗窰；
西山鹽田多鴨宿，荔枝筍出古樓高；
恩上有神亞媽廟，南涌鹿頸對天朝。

由於沙頭角在清初已有人定居及發展成一個墟市，附近村落組成了大大小小的**「約」**[1]，然後他們再組成一個大聯盟，成為**「沙頭角十約」**[2]。1898 年中英簽署《展拓香港界址專條》，將邊界線定在沙頭角內的鸕鶿徑，亦即現在的中英街，使聯盟中有大部分約屬於香港範圍，另外少部分約則在深圳範圍，雖然當時任由兩地人自由來往，但自 1951 年開始，港英政府設立了香港邊境禁區，以確立邊界完整，結束了自由來往政策。1967 年由於沙頭角槍戰，邊境政策加強，進入邊境禁區需要申請邊境禁區通行證，亦即「禁區紙」。自 2012 年開始，邊境禁區範圍縮減，部分地方不再需要使用「禁區紙」。

1 亦即兄弟村，村與村之間會互相幫助，共同守衞家園，通常有親戚關係才會組成約。

2 沙頭角十約包括：

一 沙魚涌各村
二 **鹽田各村（位於深圳）**
三 上下保：山咀、暗徑、官路下、沙井頭、元墩頭、牛欄窩等
四 蓮麻坑
五 擔水坑、木棉頭、新村、塘肚山、**沙欄吓（位於深圳）**、榕樹澳等村落
六 麻雀嶺、鹽灶下、石橋頭、大塱、烏石角等村落
七 上下禾坑、萬屋邊、坳下、崗吓等村落
八 南涌、鹿頸、七木橋、雞谷樹下、南坑尾、石板潭等村落
九 慶春約：荔枝窩、三椏、梅子林、小灘、牛屎湖、蛤塘、鎖羅盆
十 南約：橫山腳、紅石門、涌尾、涌背、烏蛟騰、金竹排、大小滘、阿媽笏、橫嶺背、犂頭石、九擔租、苗田仔

人去樓空靈不棄
留守村中不寂寞

沙頭角海東南面有數條客家原居民村落，包括谷埔、榕樹凹、鎖羅盆和荔枝窩，由於地理位置偏僻，較為便利的前往方法是在沙頭角碼頭乘搭渡船，否則便要在新娘潭那邊的山路，步行數小時進入。四條村落距離不遠，步行一至兩小時內便會到達，它們同樣是幾近廢村狀態，村民為了家計，早已搬出市區生活。50 年代，由於英國修訂國籍法，大批村民前往英國謀生工作。80 年代，香港經濟起飛，剩餘部分村民亦選擇搬出市區工作，四條村落幾乎人去樓空，只有少部分人選擇留低，看守家園。

谷埔作為一條原居民村落，居民的家園意識強烈。他們生於斯、長於斯，死後亦會埋葬在村後。聽聞村內有不少祖仙的靈體留存下來，有村落後人曾在村內看到祖先顯靈，亦有人在雨中看到穿着客家**斗笠與蓑衣**[1]的靈體出現。據說這些客家祖先鬼魂只會說客家語，村中有人以防他們寂寞，便選擇繼續留在村中和他們溝通。

註

1 斗笠是竹子編成的帽；蓑衣是古時雨衣，植物織成，分上衣及下裙。

新界
NEW TERRITORIES
No. 32

迷失鎖羅村民集體消失

出現地點	出現時間	
鎖羅盆村	70、80年代	猛鬼村

荒廢村莊不全荒
生人不見更心慌

同樣是客家村的鎖羅盆位於谷埔東方，榕樹凹、荔枝窩之間，現在已沒有人居住，是慶春約中最北的村落。與榕樹凹、荔枝窩不同，鎖羅盆隱藏在山林中，由村步行前往海邊，需要大約 20 分鐘。村內有兩排一字型排列的青磚村屋，每間村屋門旁都有一個洞，用來監察屋外情況，以免受到海盜和賊人攻擊。如受到侵害，村民可以從屋內經過洞口，伸出長武器，反擊驅趕敵人，其用法與大型圍村村落的圍牆大同小異。

鎖羅盆雖然位於偏僻位置，但其名字不少香港人，甚至其他地區的靈異愛好者亦會有所耳聞，原因來自它的特別傳聞。傳聞有多個版本，現今最多人談及的版本是：有行山人士經過村莊，發現村莊屋外的對聯異常新淨，彷彿剛剛貼上不久。當他們走進屋內，卻見每家每戶的飯桌上都擺放着豐富的飯餸，猶如有人在正常生活、享用晚飯一般。但詭異的是，屋內傢具和飯菜都鋪滿了塵埃，毫無人類活動的痕跡，彷彿所有村民在晚飯時間突然消失了一般。這個傳聞主要在千禧後開始流傳，並多人談論，部分原因是當時曾經發生**丁利華西貢結界**[1]

一事，甚至有靈異愛好者揣測，這條村的居民是否同樣進入結界而消失。

其實，在這個版本出現以前，已有一個混淆了少許現實、更為古舊的說法在 70 年代開始流傳。1965 年 3 月 6 日，一艘由沙頭角前往牛屎湖的街渡沉沒，船上 12 人中有 4 人死去。由於當時每天只有一班街渡，卻多次遇上翻船意外，村民認為意外是由冤魂作祟，難以繼續留在村內。16 天後牛屎湖村 70 多人，一同遷離牛屎湖村，棄家逃亡。由於牛屎湖離鎖羅盆不遠，人們開始誤傳地點及冤魂內容，並演變成傳聞：船難死去的村民鬼魂回到鎖羅盆村中，發現屋內所有雜物、食物依然原封不動地保留，但所有原本在生的村民卻一夜消失。

其後，傳聞開始出現不同版本，它們的差異主要圍繞在發現的人及消失的原因。第一個版本是指在日佔時期，有日軍進入村莊，在膳食時間把所有村民捉走，所以飯餸都完整地留在桌上；第二個版本則說有位村民離家打工，一段時間後，他打算回村參加慶典，卻發現所有村民離奇消失，他遍尋不獲，只好報案，希望警方能夠詳細調查，可惜警方對此事亦毫無頭緒；還有一個版本指村落曾經發生瘟疫，村民十分驚慌，恐防會被傳染，所以連收拾也沒有，在短時間內匆忙離開；最後一個傳聞版本發生在 70、80 年代，大量偷渡客偷渡到港，警方恐防他們會匿藏在村落，影響村民生活，所以每天亦會到村落巡查。有位警員在某天巡查村落時，發現所有村民離奇消失，而前一天他們還在此正常生活。警員恐防是有非法入境者屠殺村民，大為緊張，但是當他遍尋所有地方後，亦找不到任何屍體或打鬥痕跡，村民好像平空消失了一般。

由於傳聞越演越烈，引來不少人對村莊感到興趣，並嘗試前往。這時，開始引發另一種傳聞，指進入鎖羅盆村後，所有指南針便會失靈，難以尋找方向，有如進入結界，把羅盤鎖了起來，這亦是村莊為何命名為「鎖羅盆」的原因。這類傳聞，其實與一宗事故有關：1998 年 5 月，一名 47 歲登山男士在新界東北跟團行山失蹤，家人報警後，民安隊出動搜救，最後在鎖羅盆發現事主。當時他受傷及昏迷，送院後證實不治。這宗事故發生後，傳聞逐漸演變出不同版本。有一版本說，有位具豐富行山經驗人士，嘗試進入鎖羅盆村，但由於指南針失靈，附近雜草叢生，難以尋找方向，最後死於草叢中，經過一段時間後才被其他人發現屍體。另一版本提到，曾經有一隊行山人士路經附近區域，隊內其中一人卻突然失常並走失，眾人尋獲不果，數日後在鎖落盤村門口發現這失蹤隊友，當時他以跪地蓋頭的姿勢死去。

事實上，鎖羅盆原名是**鎖腦盆**[2]，是客家話中「被山峰圍繞的盆地」的意思。而村莊在 70 年代時，還有不少村民居住，後來因為種種原因，而遷離村落，導致村落荒廢。但他們依然每年回到村莊過年，及換上新的對聯。直至現在，村長每星期均會回到村莊，負責看守及打理家園。

註

1 請參考《香港鬼怪百物語㊀》西貢篇。

2 在嘉慶年間的《新安縣志》中有記錄。

新界

完

離島圖鑑

離島

離島
OUTLYING ISLANDS
No. 33
神明坐艇
遊四廟!!!
出現地點
大澳
出現時間
80、90年代
靈異鳳艇

大澳

TAI O

大澳漁村位於大嶼山西部，擁有數百年歷史，曾以漁業、鹽業為主要經濟。

北宋元豐年間
（約1078年）

官方建立鹽場「海南柵」，位於**大奚山**[1]西北，亦即現今的大澳，由**市舶司**[2]管轄。由於該地遠離中央管轄，有不少海盜出現。

慶元三年
(1197年)夏天

海盜勾結島民，生產私鹽，廣東提舉茶鹽徐安國派人入島，緝捕鹽梟，引起鹽梟與島民攜手反抗作亂。同年 8 月，朝廷改派廣州知府錢之望派兵攻入大奚山，殺盡島民。經此一戰後，海南柵鹽場取消，地方經濟停頓，朝廷派 150 兵看守大奚山。除了宋朝有兵在大奚山駐守外，明朝時的大澳亦是一個軍事重地。清朝年間，該地更成為珠江口的交通樞紐，以便加強對海外的交流。

現代

現在，大澳成為深受旅客歡迎的水鄉，以一條貫穿社區的水道為主道，兩旁林立香港碩果僅存的水上棚屋，以漁業及旅遊業為主要經濟。

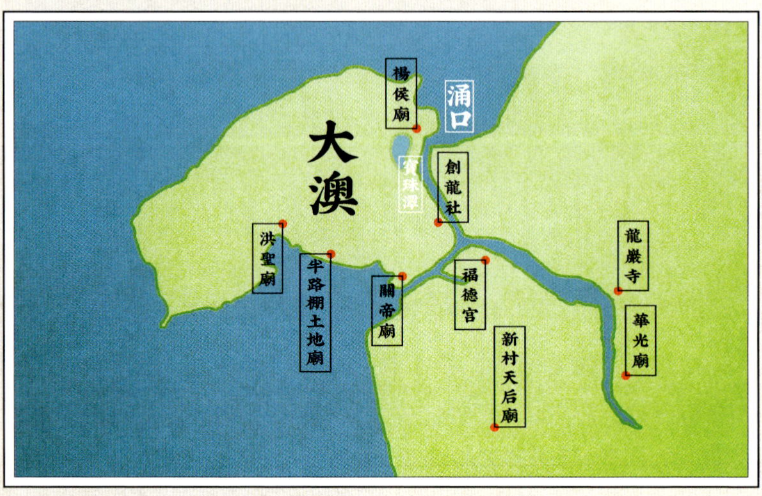

註

1 大嶼山古名，最早見於宋代王象之《輿地紀勝》，
該總志於嘉定十四年 (1221 年) 至寶慶三年 (1227 年) 間完成。

2 市舶司是古代管理海上對外貿易的官府，其職責與現今海關相近，
包括外國船隻出入港檢查、管理出海貿易、接待外商等。此外，
他們亦需要為商船祈福、對遇難船隻提供救援等其他特別服務。

陽龍驅趕惡邪氣 陰鳳竟招眾鬼來

大澳端午龍舟遊涌已有百多年歷史，是該區重要傳統習俗之一。

端午（舊曆五月五日）是古人所稱的「惡月惡日」，是為全年最不吉利及「五毒醒」之日。民諺曰：「端午節，天氣熱，五毒醒，不安寧。」五毒是指五種有毒生物，包括毒蛇、蝎子、蟾蜍、蜈蚣和蜘蛛。由於天氣變得溫暖，使牠們適合繁衍，增加人們中毒的風險，同時變暖的溫度亦使人容易感染疾病。所以自古以來，人們對端午節甚為重視，會在當日早上進行祈福去霉的儀式。由於當日亦是陽氣最盛的日子，人們相信陰靈穢氣會躲藏在陰暗位置及水中，所以在儀式進行以前，人們並不會落水，以免發生意外。而端午節的儀式，通常會涉及扒龍舟。當時間接近午時（上午 11 時至中午 1 時），大部分儀式完結，經龍舟扒過的水會由不祥變成「大吉水」/「午時水」，相傳這時候的水能驅趕邪氣，所以不少人會在這時跳進水中暢泳。

端午節龍舟的起源有多種說法，其中比較普及的說法是紀念戰國時期楚國的詩人大臣屈原（公元前 342 至 278 年），據說他在端午當日身繫大石投江自盡，楚國人為記念他，每年端午，以竹筒盛米，投水祭祀屈原，更以扒龍舟來嚇走江中魚，以免魚吃掉屈原屍體。而龍舟其實在楚國以前已有記錄，有學者相信龍舟實則是源自水神的敬拜或甚進行儀式的法船。對於大澳居民來說，龍舟的意義傾向於後者。

相傳百多年前，大澳出現一場大疫症，由於當時臨近端午節，眾村民商義後，決定進行村內**四廟**[1]的遊涌（又稱「遊神」），由小艇運載神像並巡遊各水道，結果成功讓瘟疫消除，自此以後，大澳每年均會舉辦端午遊涌。現在，大澳端午遊涌會由村內三大傳統漁業行會各出一艘龍舟去接四廟神明，並以龍舟拖着載有神像的小艇來進行祭祀儀式。龍舟是以顏色劃分來代表各漁行會，分別為：紅色的「扒艇行」、白色的「鮮魚行」和黃色的「合心堂」。所有龍舟會先由楊侯廟出發，其後到新村天后廟及關帝廟，最後到洪聖廟，其路線涵括整條大澳村。村民會在各廟邀請神靈行宮上艇，其間會沿途「化衣」（燒金銀衣紙），安撫水中亡靈。在游涌結束後，這 3 艘龍舟便會載着神明去觀看大澳的龍舟賽事，直至賽事完結，才會把神明送回廟中。

傳統龍舟賽事只准許男性登船划艇，在 80、90 年代，村民見香港各區興起**鳳艇賽事**[2]，所以曾應女士要求增設鳳艇賽事，最後只維持了兩年便取消該項措施。傳聞自從村內出現鳳艇後，整條村莊變得十分猛鬼，晚上更是到處鬼魅魍魎，村民要趕在天色昏暗前回到家中，並把家門緊緊關上。靈異情況持續了好一段時間，也沒有減退跡象，村民抽絲剝繭幾經商量，最後認為事件和鳳艇有關，因而決定停止使用村內所有鳳艇，並將這些鳳艇停放在村中廟外，禁止村民使用。自從沒有鳳艇後，靈異事件驟然消失。直至現在，大澳維持只有龍舟賽事，而沒有鳳艇賽事。放在廟外的幾艘鳳艇，經歷了好幾十年的風吹雨打，已經完全腐爛了。

1　四廟包括楊侯廟、新村天后廟、關帝廟及洪聖廟。

2　香港首次正式鳳艇賽事於 1986 年舉行，大澳出現鳳艇年份不詳。

長髮與影子
大澳水怪傳說

離島 OUTLYING ISLANDS No. 34

出現地點	出現時間	
大澳	60年代	**黑色水怪**

黑髮黑影晚間現
來去無蹤漸被忘

大澳地形特別，由一條Y型的水道貫穿大澳島和大嶼山西，村落被水道分成3部分，包括吉慶街方向、太平和慶安街方向及新基街方向。水道兩旁建滿水上棚屋，由木及葵葉建造主體，根基則以木柱固定在水上。直至2000年棚屋區發生4級大火，超過90間棚屋被燒毀，及在2013年再度發生三級大火，有11間棚屋被燒，被燒毀的棚屋改以鐵皮重建。

由於大澳地理位置偏遠，發展較為緩慢，對外連接的大澳道在1971年才建成，連接大澳島的新基大橋則在1979年由居民自資興建，政府興建的橫水渡大橋更是在1996年才竣工。在橫水渡大橋出現以前，大澳居民需要以橫水渡作為渡河工具。所以在60年代或以前的大澳非常簡樸，既沒有夜生活，亦沒有街燈。每家每戶亦擁有自己的小艇木筏，作為出入的交通工具，停泊在屋下。據聞當時曾出現水怪，嚇破村民膽子。水怪主要徘徊在新基、坑尾一帶，喜歡在屋棚下及小艇木筏上鑽來鑽去。由於牠喜歡在晚上出沒，在缺少燈光的情況下，從來沒有人能看清牠，大家只能勉強看到牠擁有長髮及黑色身體。每當有村民看見，並忍俊不禁地發出驚呼聲時，牠便會立即消失不見，逃離現場。水怪事件最後不了了之，既沒有人看到牠的真身，也沒有人留下任何證據。隨着科技與社區發展，牠只變成為部分村民的回憶。

侯王顯靈
護水道!!!
離島
OUTLYING ISLANDS
No. 35
楊公
侯王
出現地點
大澳
出現時間
60年代
侯王

小島憑空現
神明助守護

位置偏僻的大澳由於長年與世隔絕，村民長時間面對大自然，經歷各種天氣環境考驗，宗教信仰亦變得十分重要，村內因而設有多間供奉不同神明的廟宇，而村民最先供奉的神明是侯王，祂是村內最受尊敬的神明，所有大時大節、龍舟開光等活動，村民都會在奉祀侯王的楊侯古廟進行儀式。

楊侯古廟建於康熙三十八年 (1699 年)，位於村的北方，鎮守着入村的涌口水道，涌口外已是珠江口。廟的後山有一個名為「寶珠潭」的水潭，潭中有個小島。相傳這個小島是天上掉下來，由星星變成的寶珠，因為撞擊力，而形成環繞寶珠的水潭。這顆寶珠正好跌在**獅山與虎山**[1]之間，由於古人對事物的形象化，認為獅子跟老虎會因此而爭奪寶珠，所以便在「寶珠潭」附近興建這座楊侯古廟，鎮守寶珠，以免獅虎之爭，影響村落。

註

1 獅山位於大澳村的東方，大澳道附近；虎山位於大澳村的西北方，大澳島上。

古廟除了守護「寶珠潭」外，同時亦會看守作為村莊入口處的涌口。在 60 至 70 年代，由於中國戰亂，不少人逃離家鄉，以水道偷渡來香港，這帶水域成為熱門路線之一。加上 80 年代，附近一帶水域有大量走私活動。這兩個因素，導致當時有不少人在海上喪失生命，出現大量浮屍。雖然如此，傳聞卻沒有一具屍體出現在大澳村內，原因是因為有侯王把守涌口，所有不潔的東西亦被侯王擋去。由於這個神跡屬於近代，因此村民對侯王的信仰從沒減退。

外星人入口!!!

出現地點	出現時間	
南丫島對出海面	80年代	**USO基地**

南丫島

LAMMA ISLAND

南丫島立於香港西南方，是香港第四大島嶼，其面積比長洲大 5.6 倍。它在不同時代有不同叫法，例如「泊潦」、「博寮」、「薄寮」、「舶寮」等。

在唐代，該島曾是外貿船隻指定碇泊的地方，他們先要取得朝廷批准，才能再經屯門前往廣州等地，進行貿易。後來英國人來到香港，為地方名作官方記錄，當地漁民由於慣稱此島為「南丫」，所以最後英國人以音節「Lamma」來紀錄，並成為正式名稱。有說「南丫」這個名源於該島位於香港南方，形狀似「丫」型；另一說法是該島南部多椏叉，而「丫」意思是分枝。

南丫島以漁業為主，但是由於海灣多而海岸線較為崎嶇，海岸附近位處水深，不利漁業，所以南丫島的漁業沒有特別盛名。雖然南丫島在民生產業沒有聲名遠揚，但它卻是香港考古學重要的遺址。全港首次正式考古發掘便是發生在南丫島上，當時由香港大學地理系的芬戴禮神父（Father Daniel Finn,S.J.）於 1932 年進行。在 70 至 90 年代，香港考古學會及香港中文大學團隊亦多次在南丫島幾個後灘遺址上發掘。於南丫島掘出的文物能夠追溯到新石器晚期後段（公元前 2400 - 前 1500 年）至青銅時代（公元前 1500 - 前 500 年），當中包括全港唯一一套極為完

整的青銅器時期串飾及被稱為國寶的**玉牙璋**[1]。由於南丫島豐富的文物出土，該島已被古物古蹟辦事處 (Antiquities and Monuments Office) 列入「香港具考古研究價值的地點」名單中。

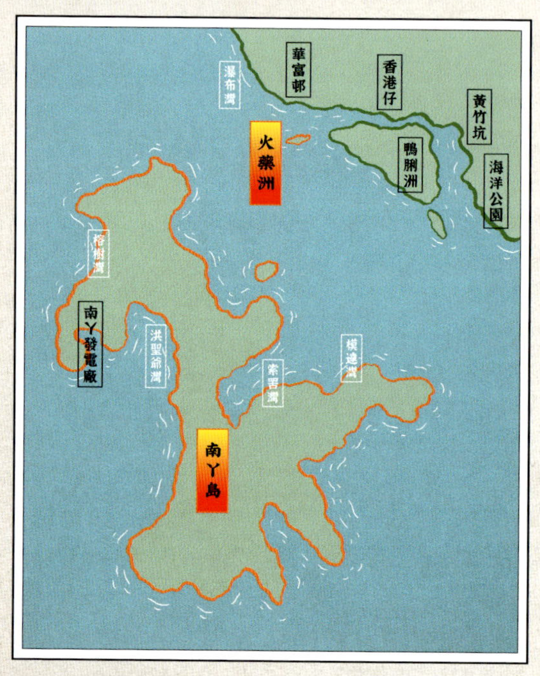

註

1 牙璋的真正用途不明，估計為祭祀物、武器，甚至是皇權象徵。

居民遙目睹一切
上天下海門常開

自 80 年代開始，華富邨曾多次傳出 **UFO 目擊事件**[1]。其中一次最大型事件的目擊者聲稱，UFO 當時出現在華泰樓上空，並向海的方向飛去。其他零星 UFO 目擊個案，則聲稱在華富對出的海面看見 UFO 飛過。除了華富邨的目擊者外，還有位於鴨脷洲及田灣的目擊者，他們不約而同稱看見 UFO 向華富方向飛去。

華富邨位於海邊，鄰近瀑布灣。由華富方向望出海面，能看到南丫島的北面，上邊有 3 支標誌性的大煙囪，俗稱「三支香」。「三支香」是屬於南丫發電廠 (Lamma Power Station) 的一部分，發電廠於 1983 年開始為南丫島和香港島提供電力服務。由於發電廠以火力發電，需要燃燒煤和天然氣，燃燒時所產生的廢氣便是以「三支香」來排放。南丫島與華富邨遙遙相對，在華富邨左邊近華貴邨方向，還有一個名叫火藥洲的小島。火藥洲在 1888 年至 1908 年期間，曾是一座由英國商人擁有的私人火藥庫，專門為駐港英軍提供火藥，其後由於政府停止續牌給火藥庫，那裏便一直丟空，現在是香港三級歷史建築。火藥洲再往左過，便是鴨脷洲和香港仔。

註

1　請參考《香港鬼怪百物語㈡》華富邨篇。

由於很多目擊個案聲稱 UFO 經常在華富對出海面出現，而 80 至 90 年代全球又正好興起太空熱潮，電影電視大量提及太空基地、穿梭機、外星人等話題，如經典電影《Mars Attacks!(火星人玩轉地球)》、《Star Wars (星球大戰)》等亦在這期間面世，大眾對於太空科技及外星人有更具體的形象化。加上「三支香」的出現，進而坊間慢慢傳出南丫島附近海域有 UFO 水底基地 (亦即 **USO**[2]) 的說法，有人更認為因為有外國工程師在「三支香」附近的工業區內工作，所以內裹隱藏着軍用重地，以監察或者支援那個 UFO 基地。住在華富附近一帶的居民則認為 UFO 水底基地實則是在火藥洲上，那些荒廢的火藥庫便是出入口。

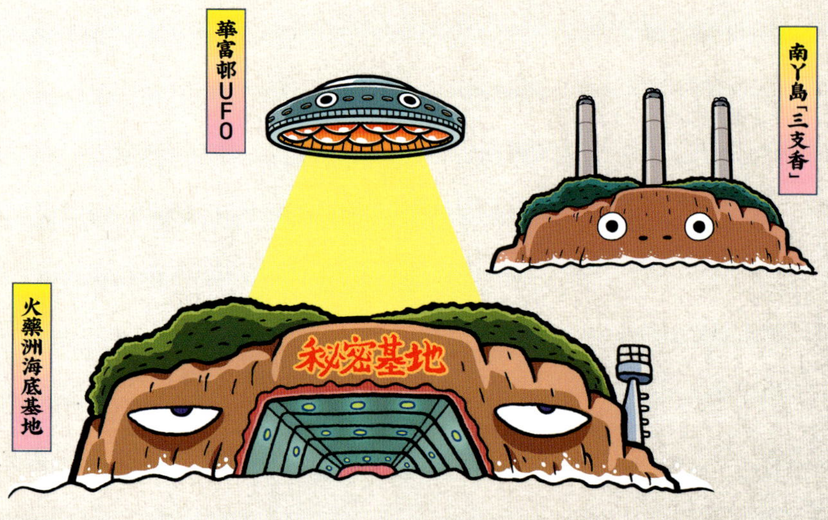

註

2 UFO 全名 Unidentified flying object，中文是「不明飛行物體」。
USO 全名 Unidentified submerged object，中文是「不明潛水物」。
由於當時並沒有流行 USO 這個名稱，坊間一直沿用「UFO 水底基地」。

母子雙屍案
揭開東堤黑序幕

離島
OUTLYING ISLANDS
No. 37

出現地點	出現時間	
東堤	90年代	紅衣女鬼與拍波小孩

長洲

CHEUNG CHAU

長洲位於香港西南面，鄰近大嶼山，
全日有固定渡輪來往中環，約為每小時兩班渡輪，
除日間時間外，更設有通宵時段，此時段則個多小時一班，
而假期及特別日子更會增加渡輪班次，
是香港境內最多人居住及最受旅客歡迎的離島，
島上有固定居民約兩萬。
長洲受歡迎的情度，
更有一句戲言「長洲賓客人數少」[1] 自 90 年代開始流行。

在歷史文獻上，長洲的記錄在明朝才出現，但由於島上發現 3000 年前古代石刻，它的人類活動紀錄比文獻記錄大幅超前。相對詳細的文獻紀錄，則在清朝出現。根據 1819 年的嘉慶《新安縣志》，縣內有 38 個墟市，**長洲墟**[2] 是其中一個。由於受華南一帶海盜活動影響，清朝委派衙司駐守長洲，以加強珠江口的防禦。

註

1 戲言是順着唸，然後再要求別人倒轉唸。

2 嘉慶《新安縣志》 所記載的 38 個墟市，只有 4 個屬於香港境內，包括：石湖墟、大埔墟、元朗墟與長洲墟。由於當時並沒有「香港」這個地方概念，所有墟市均隸屬「新安縣」。

1894 年 5 月，中環太平山街爆發黑死病（亦即鼠疫），短短數月間已奪去 2500 人的性命。政府為了有效控制疫情，先是封閉太平山街民居，卻受到華人反抗，其後演變成回收太平山街土地，進行清拆，實施「清洗太平地」計劃。當時，居住在太平山街的華人亦嘗試以傳統方法應對疫情。當地鶴佬人（即海陸豐人）信奉北帝，他們將家中的北帝移到街上祈福，隨後鼠疫迅速消退。居民相信這是北帝的庇佑，於是開始在太平山街舉行太平清醮，並以「幽包」祭祀祈福，承諾神明每年農曆四月初八（即佛誕）舉辦太平清醮，以避免瘟疫再度出現。其後政府以防止引發火災為由，禁止居民在太平山街打醮，加上「清洗太平地」，這批鶴佬人移居至長洲。自此，太平清醮亦改成在長洲進行，長洲太平清醮中的「太平」便是來自「太平山街」。長洲太平清醮現已成為中國國家級非物質文化遺產，而「幽包」亦演變成現在的「平安包」，單是打醮日便已吸引過萬人次到島上參觀，當中包括不少本地及外國旅客。

都市傳聞

香港自 60、70 年代開始，經濟發展蓬勃，加上科技及社會的進步，市民除了基本生活以外，亦追求休閒娛樂，郊區旅遊成為其中一項流行的消閑活動。由於來往長洲的渡海小輪航線頻密，市民來往長洲甚為方便， 因此長洲成為一個郊遊熱門地。政府更因應需求，在 1960 年建造了一個有蓋大型碼頭，70 年代則將碼頭搬去現址。大量旅客令長洲住宿的需求增加，在 1981 年度假村東堤小築相繼落成。該地前身是鹽田，亦有傳鹽田前身是亂葬崗，因為有人在該地掘到大量外國人骸骨。其後鹽田變成木屋及鐵皮屋區，於 70 年代經歷火災，其後發展成現在的東堤度假村。它總共由 28 棟平房組成，共有 250 伙，當中包括部分業主自住及出租予遊客，比例約有 3 比 7。

1989 年 6 月 21 日，東堤小築某單位內發現一宗母子雙屍案，導致後來香港人將東堤與「自殺」扯上關係。女死者由於丈夫外遇而離婚，感情受創，她藉口帶同 14 歲的兒子到長洲暢泳，並在東堤租了 6 日度假屋，其間寄出掛號信件給前夫，信件內包含一盒透露出尋死意欲的錄音帶。前夫收到信件後大驚，四出尋找他們，更在報紙上登報尋人。他終於在 6 月 20 日那天，找到母子二人在東堤租下的度假屋，可惜卻無功而返，吃了一個閉門羹，沒有人應門，最後他只好留下聯絡方法予房東。6 月 21 日是退房當日，房東未見他們出現退房，只好去到事發單位收房。他到達門外已嗅到濃烈臭味，恐怕有事件發生而報案揭發。兩名死者早已死去多日，臭味已持續了 1、2 天。屋內兒子倒斃於大廳，身上有傷痕，母親則身穿紅色唐裝衫褲，地上放了一對紅繡花鞋，在廁所內上吊。由於當時香港社會風氣純樸，案件在社會引起迴響，令東堤的名字蒙上一層陰影。雖然業主為單位進行了一場超度法事，但是直到現在，一直傳出有人看到他們的靈體在東堤內徘徊，時而是母子一同出現，時而是個別出現，或有人聽到小孩的呼救聲從度假屋內傳出，或看到鬼小孩在拍波嬉戲，或撞見紅衣女鬼四出尋找兒子。

90 年代尾，香港經歷金融風暴，引致不少人有情緒問題，部分更有尋死意欲。1998 年 11 月，一名女子受金融風暴影響，最終在東堤度假屋內燒炭自殺，成為全港首宗燒炭自殺事故。其後在短短數月內，燒炭成為香港最流行的自殺方法之一，而東堤亦成為自殺熱門地，高峰時期一年更發生多宗在東堤自殺的案件。除了經濟出現問題而自殺的人外，亦有不少案件是情侶因為感情問題，相約同在東堤燒炭亡。2016 年 10 月，更有一對來自廣東省潮州市的情侶燒炭自殺。由於燒炭自殺人數眾多，度假屋負責人會拒絕租給單人遊客，亦有傳帶着炭去租房的遊客亦會被阻撓。自 1989 年至今，已公布的東堤自殺案件多達數十宗，而尚未被傳媒披露的案件相傳亦為數不少，成為香港公認的靈異度假村。部分被報章公報了的案件，由於有把出事單位的門牌號碼一同報道，有傳東堤小築內的單位會經常轉換門牌號碼，混淆遊客的視聽，令大家不知道真正的出事單位在哪裏。另外亦有一個說法指每間房也有「8」字，原因是進行超度法事時，法科師傅所建議的風水方法。由於自殺事件眾多，有傳出東堤大部分的房間都曾經發生過命案，而鬧鬼傳聞亦越來越多。電影**《夜半 3 點鐘》**[1] 以長洲度假屋為故事題材，大家普遍相信電影暗指東堤及其靈異傳聞，包括度假屋內有鬼影、物品自己移動、氣溫特別低、睡着後被靈體騷擾、耳邊突然出現人聲等。

註

1　恐怖電影《夜半 3 點鐘》1997 年上映，由 3 個短篇故事組成，導演錢永強，主演李綺虹、張達明、湯寶如、陳小春。

離島
OUTLYING ISLANDS
No. 38

夜哭聲
夜亡魂
沙灘未息！

出現地點	出現時間	
長洲	50年代-現在	**東灣海灘**

岸旁亡魂生前哀
化身水鬼尋替身

由於長洲接近香港島，在戰前已有英籍高官在此居住，掌管海軍及空軍的 Norman James Bournes 自 1920 年代開始定居長洲，其私人住宅更建有碼頭及停機坪。日佔期間，日軍沒有忽略長洲的重要性，先是空襲，再接管全島，在現今觀音灣觀景臺附近建拘留營及打把場，屠殺島民，再將屍體推到海中，任由屍體漂浮，該地被島民稱為「華威打把地」。東灣「榕樹頭」亦是進行酷刑的地方，日軍會將島民吊在樹的橫枝上，灌水使其肚脹如孕婦，隨後倒吊迫其嘔吐，或讓其平躺於地，猛力踩踏腹部，逼其嘔出，如此反覆進行逼供。許多島民無法承受酷刑，當場慘死。二戰過後，東灣開始盛傳猛鬼。

長洲東灣泳灘是島上最長最大的沙灘，連接了東堤小築、長洲醫院和華威酒店，華威酒店後方則是觀音灣及其觀景臺。東灣的傳聞有很多，其靈異之說源於觀音灣「華威打把地」的亡魂。不少長洲居民表示晚上經常能聽到日軍步操聲及槍聲，後來更演變為沙灘上的鬼哭聲。由於東灣每年均有人溺水身亡，因此傳出「華威打把地」的亡者及水鬼一直在搵替身之說。據說，這些哭聲是來自新溺斃的水鬼，祂們剛死去，尚未找到替身投胎，只能每晚在東灣哭泣。因此，長洲居民自小便會被教育不要在晚上前往該沙灘游泳，尤其是七月節期間。有人更指在東灣游泳，曾感覺到有鬼拉腳，幾乎遇溺。

在東灣遇難的泳客多為遊客，島民指遊客的屍體並不會被沖上沙灘，最多只能在附近巨石處被發現，唯有本地人的屍體才會被海浪沖至沙灘。另外有傳，曾經有人在東灣目睹兩名老婦在沙灘上掘了兩個深坑，並在坑上燒香燭冥鏹。坑的形狀足以容納一個成年人，仿如棺木般既深且長。她們一燒便數小時，期間神情哀傷。兩日後，東灣又再發生遊客遇溺死亡事件。由於這次事故有二人同時死去，令人聯想起兩天前的這件怪異事件，可能與這次意外有密切關連。

東灣自東堤小築發生命案後，再度出現負面影響。據報 1989 年東堤母子雙屍案出事單位有個露台，前景便是東灣泳灘，其距離與沙灘十分接近。1996 年 6 月，一名夜總會女公關被兩人謀殺，屍體被埋於東灣山邊的石罅，直到 1997 年 3 月才被發現。1999 年 10 月，一名香港大學醫學院的女研究員在東堤小築被 3 人謀殺，其屍首被堆於東灣石灘中。據說其屍體被尋回時，更有靈異事件發生，指埋屍地點在數天間，竟長出高樹，彷彿死者化作樹木為警員指引。由於東堤小築與沙灘十分接近，不少人相信在東堤死去的亡魂亦會在沙灘徘徊，令沙灘更添靈異感。

離島

完

百物語
ONE HUNDRED TALES
No. 100

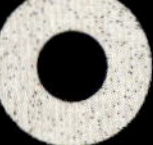

百物語（ひゃくものがたり）源於日本江戶時代，
是一種怪談聚會形式。會場內燃點起一〇〇支蠟燭，
參與者需輪流講述鬼故事，
每說完一個故事，便吹熄一支蠟燭。
據說，當最後一支蠟燭熄滅後，鬼怪便會現身。

香港鬼怪傳說，已累積到第九十九個。
為免引來靈體，特意留白第一〇〇個故事。

傳聞的誕生，往往源於歷史事件，蘊含大眾的情感與思緒。
傳聞未必與靈體相關，卻與當時的人和他們的感受密切相連，
未竟的情緒，未完的告別，
傳聞以故事的形式，為亡者賦予第二次生命。
死亡，並非終結；遺忘，才是。
真正的終結，是當所有人都遺忘了他們。
願故事中的亡者安息，願生者放下執念，繼續生活。

鬼未見

人未忘

免責聲明：
本書所有內容，均為作者個人意見，並不完全代表本出版社立場。

此書僅為收錄及整理香港鬼怪傳說資訊，並非事實 100%之全部，
部分內容亦無法證實真偽，讀者必須自行判斷故事內容。

DESIGNED IN HONG KONG. PRINTED IN CHINA BY CP PRINTING (HEYUAN) LIMITED. IDEAPUBLICATION.COM BY IDEA PUBLICATION 2025.

點子出版
IDEA PUBLICATION

屈地站
大石鼓
三聖
鬼門
石棺

ホンコン・お化け
香港鬼怪®
百物語・全三冊・全圖鑑
珍藏版香港妖怪圖鑑
典藏級香港鬼怪大全
終極版香港鬼妖百科
九龍
港島
新界
離島
01.深水埗殺人粒
02.觀音廟蓮花雲
03.媽媽臘腸飯
04.內河橋馬姐
05.問路旗袍女
06.藍田水妖
07.藍田彩龍
08.地藏王
09.泥母子
10.金茂坪戲院
11.旭蘇大廈
12.無臉女鬼
13.華富邨石棺
14.華富邨UFO
15.李靈仙姐
16.火龍
17.屈地站
18.兵頭花園石獸
19.天台遊樂場
20.銅鑼灣狐仙
21.虎豹別墅狐仙
22.屯門鯉魚精
23.屯公爛賭鬼
24.超高速紙紮車
25.鬼交通警
26.快相鬼
27.志蓮別墅金龍
28.運頭塘無頭鬼
29.望夫石
30.西貢結界
31.張保仔
32.七號差館
33.人頭保齡
34.高街鬼屋
35.人踩人海報
36.美利樓
37.大石鼓
38.噴血大榕樹
39.人頭香
40.雙騎師
41.聖保祿石牆
42.尾班電車
43.跑馬地墳場站
44.大紅花轎鬼
45.天梯
46.最臭車站
47.地鐵結界
48.跳軌少女
49.鬼叫外賣
50.地獄線
51.海盜天后
52.天龍過山車
53.鬼島老鼠洲
54.三聖石
55.辮子姑娘
56.宿舍牛尾湯
57.荷花池女鬼
58.門
59.猛鬼橋
60.神井鯉魚
61.大旋渦
62.神秘地道
63.厭勝棒
64.匯豐銅獅子
65.戻臣銅像
66.大頭怪嬰
67.大體老師
68.鈕魯詩橋
69.豬皮鬼
70.鬼纜車
71.DUMMY666
72.香港仔白虎
73.香港仔人魚
74.嘉利鬼大廈
75.打生樁
76.日軍鬼魂
77.又一城戲院鬼
78.坪石鬼門關
79.跳樓天井
80.二胡伯伯
81.劇院綠色鬼
82.鬼新郎1979
83.鬼新娘1998
84.被虐鬼大叔
85.娛苑七妹仔
86.達德學校
87.貨櫃碼頭鬼母女
88.烏溪沙吊頸女
89.人頭荔枝樹
90.古裝街鬼士兵
91.電視城奶茶婆婆
92.谷埔客家鬼
93.鎖羅盆鬼村
94.靈異鳳艇
95.大澳水怪
96.大澳侯王
97.海底基地
98.紅衣女鬼與拍波小孩
99.東灣海灘
100.百物語傳說

ホンコン・お化け

香港鬼怪®

百物語

作者	豚肉窩貼
編輯	點子出版 Idea Publication
校對	Inez Wong
設計	Nicky Sun
	Tiffany Chan
製作	點子出版 Idea Publication
	www.ideapublication.com
出版	點子出版 Idea Publication
地址	荃灣海盛路 11 號 One MidTown 13 樓 20 室
查詢	info@idea-publication.com
發行	泛華發行代理有限公司
地址	將軍澳工業邨駿昌街 7 號 2 樓
查詢	gccd@singtaonewscorp.com
出版日期	2025 年 9 月 25 日（第二版）
國際書碼	978-988-70671-3-9
定價	$148
鳴謝	國際溫健安龍獅體育總會　溫健安師傅